饌
创美工厂

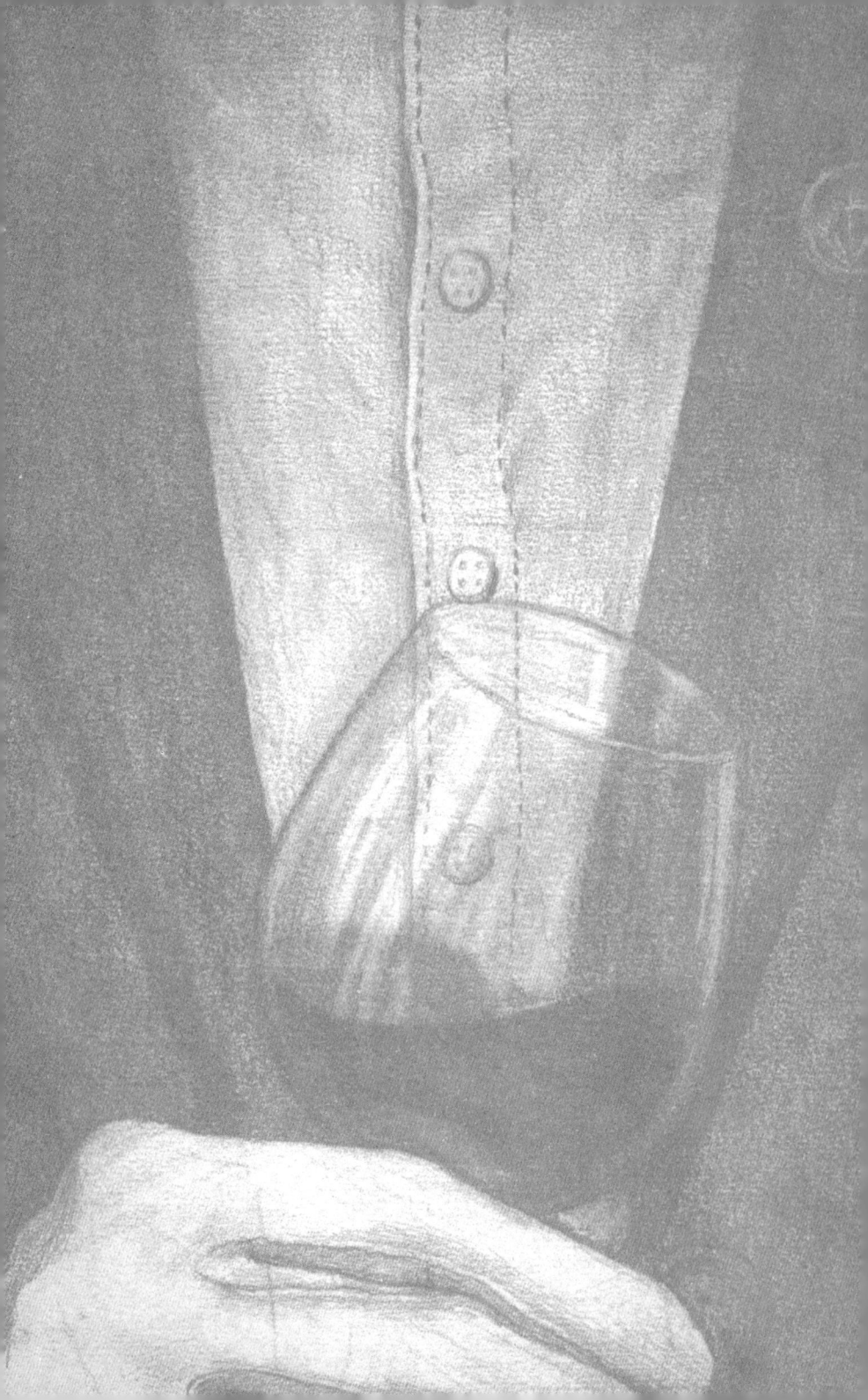

诱饵

搜查官 5

おんあおとり そさかん

味觉

[日] 山田正纪 著

曹逸冰 译

中国友谊出版公司

图书在版编目（ＣＩＰ）数据

味觉 ／（日）山田正纪著；曹逸冰译. -- 北京：
中国友谊出版公司，2016.7（2017.9重印）
　（诱饵搜查官）
ISBN 978-7-5057-3559-0

Ⅰ．①味… Ⅱ．①山… ②曹… Ⅲ．①推理小说－日
本－现代 Ⅳ．①I313.45

中国版本图书馆CIP数据核字(2015)第170259号

OTORI SOSAKAN 5 (MIKAKU) by Masaki Yamada
Copyright © 2009 Masaki Yamada
All rights reserved.
Original Japanese edition published by Asahi Shimbun Publications Inc.

This Simplified Chinese language edition is published by arrangement with
Asahi Shimbun Publications Inc., Tokyo in care of Tuttle-Mori Agency, Inc., Tokyo
through Beijing GW Culture Communications Co., Ltd., Beijing

著作权合同登记号 图字：01-2015-6016号

书名　味觉
著者　[日]山田正纪
译者　曹逸冰
出版　中国友谊出版公司
发行　中国友谊出版公司
经销　新华书店
印刷　北京鹏润伟业印刷有限公司
规格　880×1230毫米　32开
　　　9印张　180千字
版次　2016年11月第1版
印次　2017年9月第2次印刷
书号　ISBN 978-7-5057-3559-0
定价　35.00元
地址　北京市朝阳区西坝河南里17号楼
邮编　100028
电话　(010) 64668676
版权所有，翻版必究
如发现印装质量问题，请与承印厂联系退换

目录

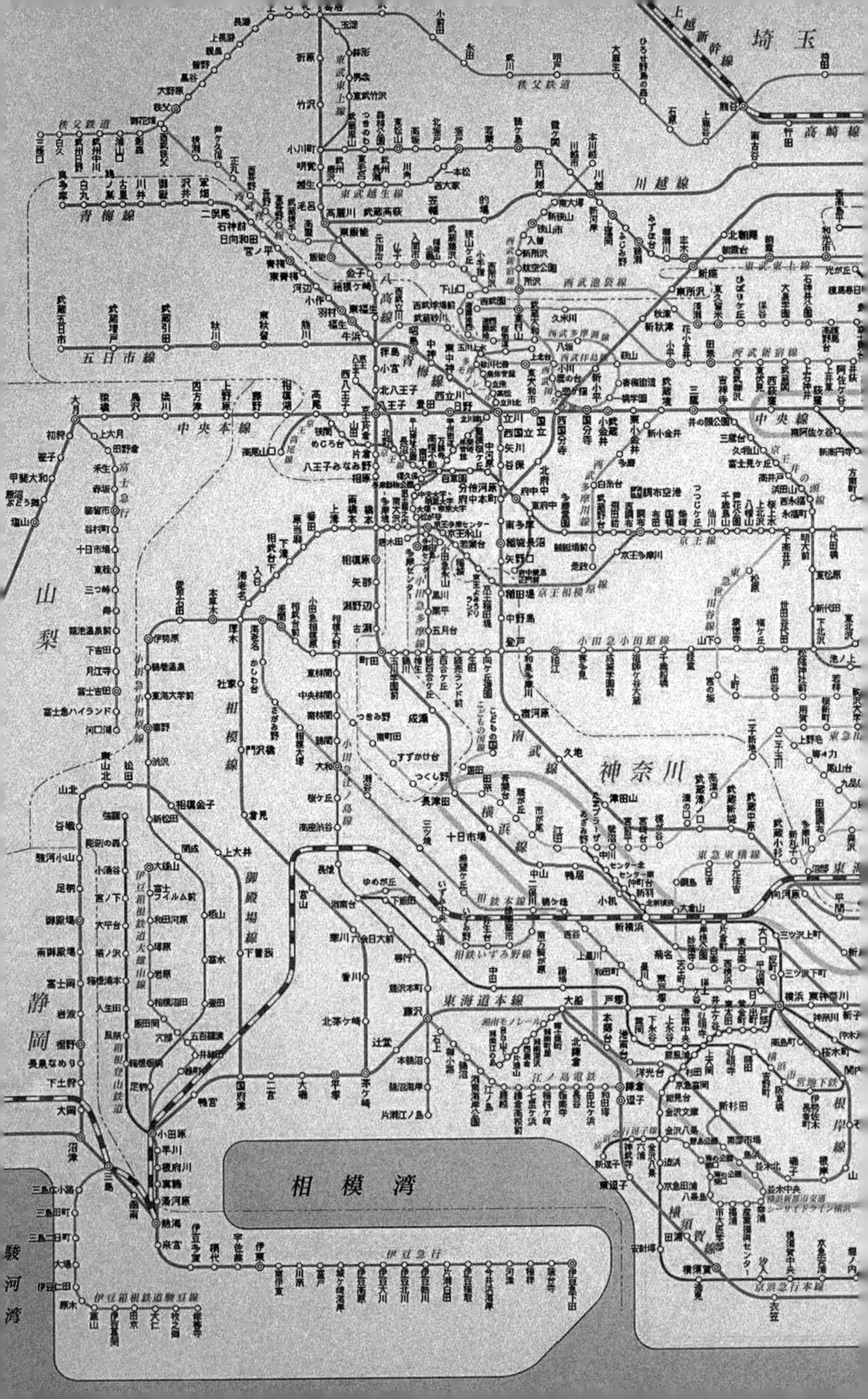

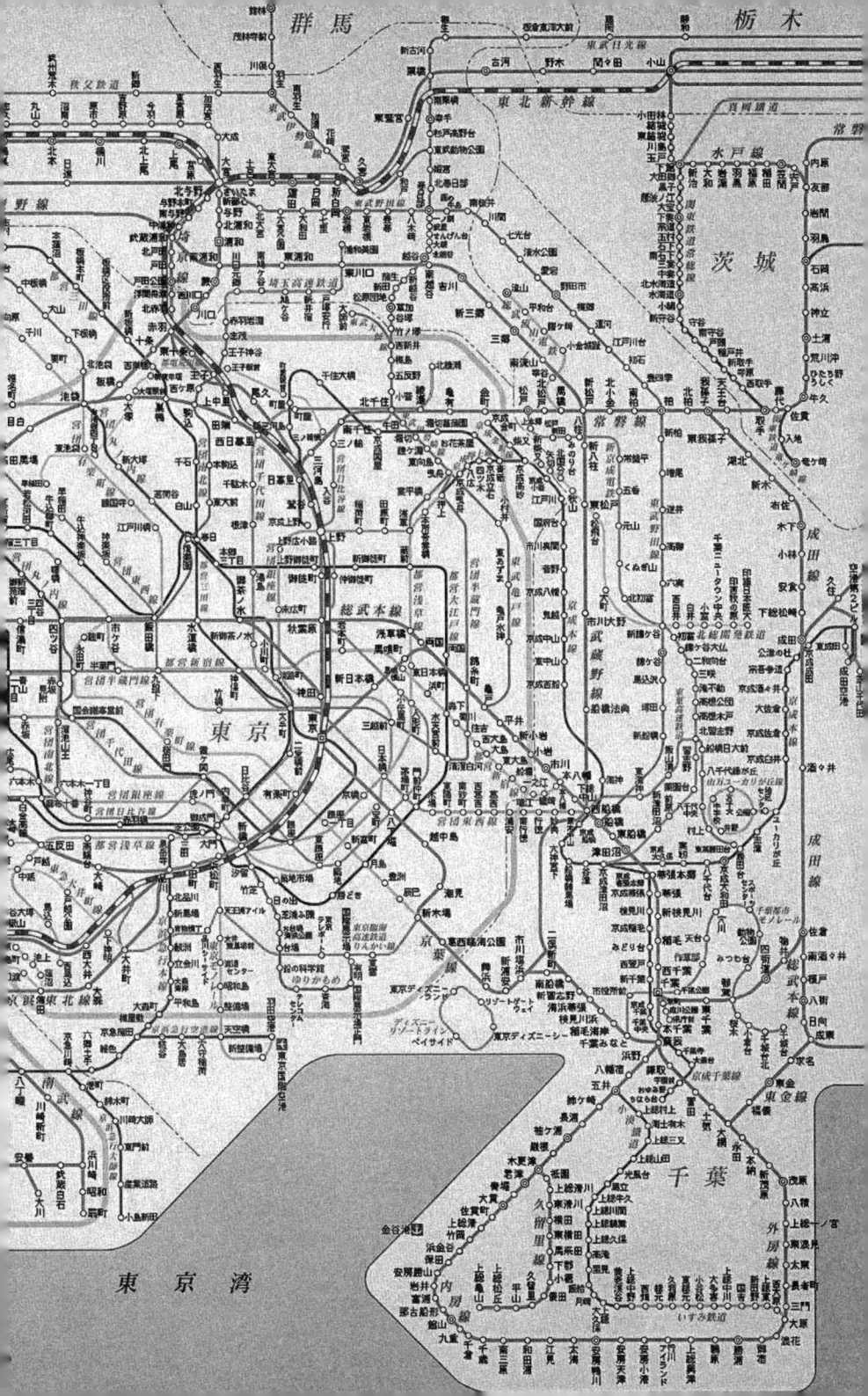

本书的舞台 新宿站西口周边

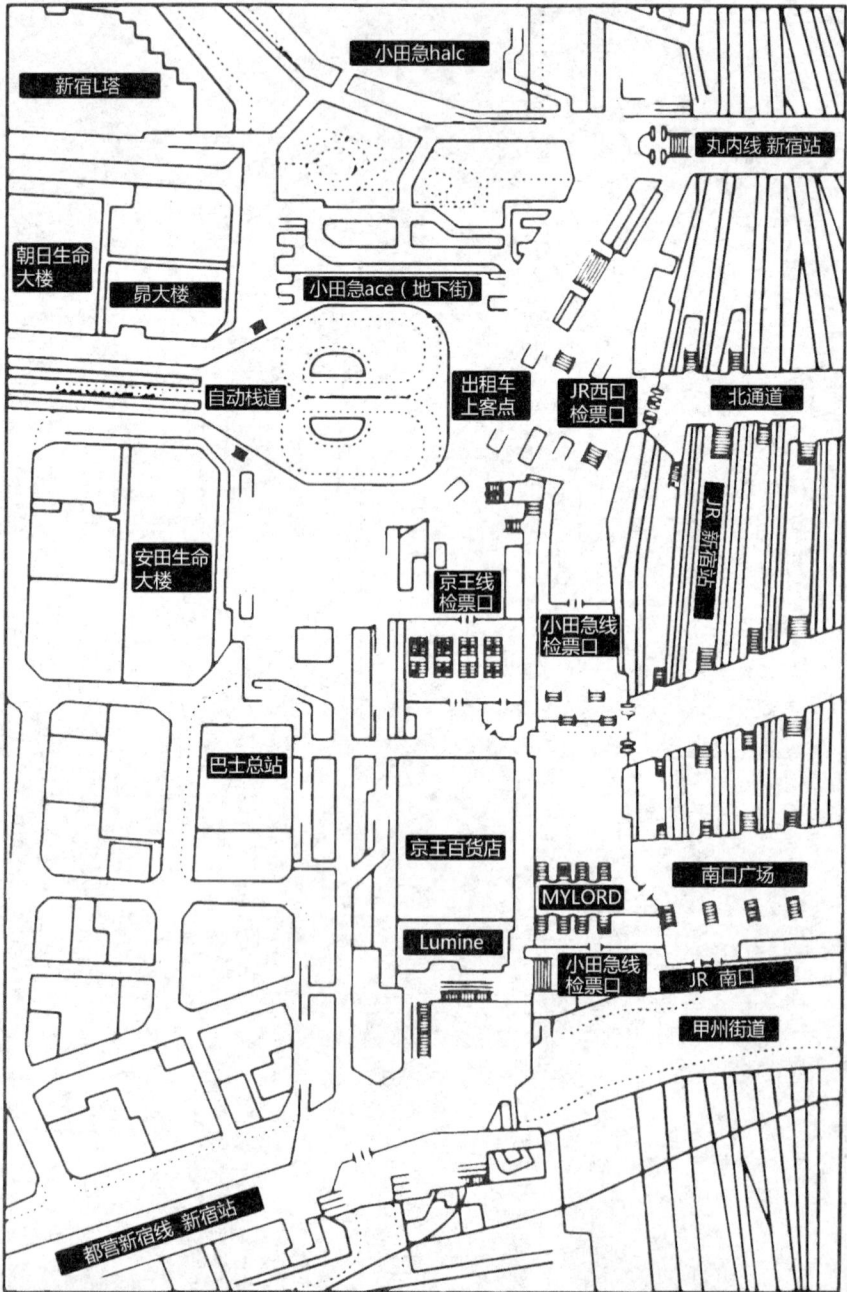

新宿L塔

小田急halc

朝日生命大楼

昂大楼

小田急ace（地下街）

丸内线 新宿站

自动栈道

出租车上客点

JR西口检票口

北通道

安田生命大楼

京王线检票口

小田急线检票口

JR 新宿站

巴士总站

京王百货店

MYLORD

南口广场

Lumine

小田急线检票口

JR 南口

甲州街道

都营新宿线 新宿站

本作出场人物

【按登场顺序排序】

北见志穗（23岁）警视厅－科学调查研究所－特别被害者部（SVB）
诱饵搜查官 东大犯罪心理学毕业

早濑水树（21岁）警视厅－科学调查研究所－特别被害者部（SVB）
诱饵搜查官 原某剧团女演员

柳濑君江（32岁）警视厅－科学调查研究所－特别被害者部（SVB）刑警

薄野珠代（23岁）**本案第一位女性被害人**
曾在地下美食俱乐部工作 礼仪小姐

广濑 良（24岁）警视厅－科学调查研究所－特别被害者部（SVB）
早濑水树搭档 原搜查一课成员

袴 田（48岁）警视厅－科学调查研究所－特别被害者部（SVB）
巡查部长 北见志穗搭档

远藤慎一郎（34岁）警视厅－科学调查研究所－特别被害者部（SVB）
部长 东京大学犯罪心理学副教授

井 原（不详）警视厅－搜查一课－六组 警部补 北见志穗办案协助者

饭 田（50岁）中野站附近法式餐厅的品酒师

西条 介（不详）Seijyou Kai "贵腐"法式餐厅的品酒师

那 矢（不详）东京地方检察厅－刑事部－本部事件组 检察官

佐原唯隆（45岁）东京地方检察厅－特搜部 检察官

远藤茂太（不详）东京高等检察厅 检察长 远藤慎一郎之父

伏 见（38岁）警视厅－搜查一课 警部补

楠 木（不详）T大法医学教师 早濑水树解剖人员

5

诱饵搜查官5 味觉

撒旦之血

序章

从梦中醒来……

三层高的楼建在斜面上。站在面朝北的半地下酒窖中的人,不是别人,正是我。

酒窖为半地下式结构,模仿天然岩洞而成。一堵墙上有酒架,另一堵墙则朝天花板前倾。酒架上储藏了五百多瓶红酒,其中不乏在日本仅有数瓶的珍品。

酒窖的室温永远保持在摄氏十二度至十六度之间。湿度为百分之六十。红酒最怕自然光与荧光灯的光线,所以酒窖中使用的是红色系的电灯泡。水泥墙壁非常厚。如此一来，我就能根据红酒的产地管理酒的储藏温度了。我还能在这儿催熟提前买来的红酒呢。

这是一座近乎理想的酒窖。这座酒窖，让我深感自豪。

然而，它终究不是座完美的酒窖。遗憾的是，在东京这座大城市，我们永远都不可能打造出一座完美的酒窖。

酒窖设在东京，而且离 JR 四谷站不过咫尺之遥。振动无可避免。每当电车驶过车站，酒窖都会小幅震动一会儿。我最担心的就是振动会不会让红酒变质。不用说，红酒最怕的就是振动。

不过，我对这座酒窖还是比较满意的。这座酒窖是保存红酒的绝佳地点，也是屠杀女人的理想位置。

——屠杀女人？

眼中，渗着红色的光。摇摆。鲜红的，黏稠的。红光，变为鲜血。女人的喉咙口，飙出鲜血。

在红色的光中，裸体女子扭动着。她不会尖叫。只是瞪大双眼，盯着我看。她眼中的我，也跟鲜血一样红。我与女人，以鲜血相连。还有比这更强韧的纽带吗？

女人的身体在摇晃。然后，徐徐倒下。当然，她倒下时，也是凝视着我的。倒地之后，她依然凝视着我。无论何时，我们的纽带都不会断开。

血滴落在她的双乳之间。沿着平坦的小腹，流至肚脐。血滴逐渐膨胀，在气泡破裂的同时，滴落至下腹部，流向耻骨……

　　红酒也好，女人也罢，都得把最后一滴喝干净。要来者不拒，一滴不剩。否则，你就无法理解红酒，也无法理解女人。必须把酒瓶喝空。必须把女人杀掉。

　　血消失了。唯有红光残留。女人的幻象也消失了。唯有我留在原地。我的下体炙热而坚挺，但我的欲望也会很快消失吧。没有什么东西是不会消失的。

　　我小时候经常窝在酒窖里。当然，我说的并不是这座酒窖。那是一座历史更悠久的酒窖。不，应该说，它是一座被用作酒窖的岩洞。听说在战争时期，这座岩洞曾是人们的防空洞。人们对天然的岩洞进行了改造，加装了好几块石板，还通了电。洞里储藏着好几百瓶红酒。

　　酒窖的石门长满了苔藓，十分厚重。伸手摸一下——那触感是如此鲜活。地下的酒窖冬暖夏凉，不用装空调。

　　小时候，我一到暑假都会去那个地方。一到下午，我便会躲去酒窖。忧郁而困倦的夏日午后，酒窖能隔绝外头的暑气，一走进酒窖，全身的汗水就会凝干。那种感触，我至今难以忘怀。无论是当时，还是现在，酒窖，都是我心中的异世界。

　　我在酒窖里学到了好多，好多。我学到了人生的真理。这么说，是不是太夸张了呢？但酒窖中的确充满了人生的教训。

　　刚完成发酵的红酒是非常浑浊的，根本没法喝。而死去的酵母、酒石的结晶与色素会逐渐沉淀，而酒也会愈发清澈。再经过滤和杀菌的步骤，红酒才能上桌……

红酒告诉我，再美丽，再清澈的人生，它的底部，都沉淀着污物。

要品尽人生的最后一滴，就得品尝人生中的污物。不，只有那些污物，才是人生的真实。

那是我十岁那年悟出的道理。打那以后，我对此深信不疑，从未动摇。

我之前也说了，红酒畏惧自然光与白色的光线。在那座岩洞的酒窖中，也使用了二十瓦的红色电灯泡。红色的光线，给了我想象的翅膀。我知道，红酒，就是人血。那时，我得知《新约圣经》的《马太福音》中有这么一段话：

> 他们吃的时候，耶稣拿起饼来，祝福，递给门徒说，你们拿着吃，这是我的身体。又拿起杯来，祝谢了，递给他们说，你们都喝这个，因为这是我立约的血，为多人流出来，使罪得赦。

我品尝了红酒的味道，也品尝了鲜血的味道。但我并不觉得红酒与鲜血能赦免我的罪孽。但它的确是立约的血。那么，我们订立的是什么样的契约呢？

我饮下的并非耶稣的血。我不信神，更不相信恶魔的存在。我喝下的，是年轻女人们的，炙热而芳醇的血。

我是这么想的——

我们订立的契约是，允许我做任何事，允许我享用"生命"底部的最后一滴欢愉。

我可以肆意妄为。我无所不能。在觉醒了的人面前，任何法律与任何道德都是无力的。没有任何事物能束缚我。我绝不会畏惧沉醉。我绝不能对贪婪表现出怯懦。这些，就是我在那座古老酒窖中学会的事。

啊，在那座酒窖中，我们是何等纯粹，何等奔放。我们俩手牵着手，沉浸在欢愉的深渊中。欢愉，是我们的一切。我们别无所有。我们俩在默契中悟出了这个道理。

正因为如此，我们才能在贪婪地享受欢愉的同时，保持洁净与纯真。恐怕，赤身裸体的我们身上，都刻上了神圣的烙印。那座古老的酒窖，就是我们的伊甸园。我们则是刚出生的亚当与夏娃。然而……

这里并不是那座让人怀念的岩洞酒窖。这里亮着红色的灯。那场永无止境的肉体盛宴，忽然被平淡无味的现实取代。岩洞酒窖，也被大楼的半地下式酒窖取而代之了。

我的酒窖有一个机关。只要有人走进店里，红色的电灯就会闪一下。这不，灯闪了。那群人应该进去了吧。他们是来杀我的。

我微微一笑。他们可真蠢啊。我能不笑吗。法律和道德都无法束缚我，他们就更奈何不了我了。跑来杀我这件事，本就荒唐至极。

我得出门了。

不知道雨停了没有啊……

十月九日，星期二。

今天，下雨了。

秋雨梧桐叶落时。雾气腾腾，可见度极差。明明是下午，可很多车把大灯打开了。

那座三层高的大楼，就在 JR 四谷站附近。

这一带的地形极其复杂，还有许多斜坡。那栋大楼背靠斜面。从正面看，它的确有三层，但从背面看，它的一楼有一半在地下。

大楼的一楼是停车场，二楼与三楼则是法式餐厅。餐厅名叫"贵腐"，面积还挺大，但没什么人进进出出，总是鸦雀无声。天知道这家餐厅有没有在营业。

泡沫经济崩溃之后，众多法式餐厅不得不降低菜品的价格，面向普通大众。但这家"贵腐"并没有走这条路线，颇有些拒人于千里之外的感觉。

它的外墙贴了一层砖块，显得非常凝重。窗户很小，还装了厚重的门。过往路人岂敢轻易踹门而入呢。

要进餐厅，就得爬楼梯上到二层。这一层麻烦，也让客人们对它敬而远之。

就算有人在好奇心的驱使下走上了楼，看到门上的"会员制"三字，也不得不灰溜溜地打道回府。

这家餐厅的门槛就是那么高。

那天，两名男子冒着蒙蒙细雨，爬上了楼梯。

　　他们都是三十多岁的样子，穿着朴素的西装，披着灰色的雨衣。他们长得并不像，却散发出了相似的气场。他们都不引人瞩目，如影随形，却不会给人们留下任何印象。

　　其中一个转动了门把手。门好像是锁着的，打不开。男子后退一步，看了同伴一眼。同伴点点头，从雨衣口袋里掏出一把改锥。在男子用改锥撬门的时候，他的同伴就站在他身后，掩护他。

　　这两个人一副驾轻就熟的模样。他们是如此默契。不一会儿，门就开了。两人走进餐厅。

　　店里没开灯，外头在下雨，所以屋里非常昏暗。水滴沿着窗户滴落，在天花板投下复杂的阴影。屋里空空如也。除了阴影，别无他物。

　　"……"

　　两个男人对视一眼，然后迅速采取行动。一个走去三楼，另一个则去了厨房。那敏捷的身手，叫人毛骨悚然。

　　不消五分钟，他们就完成了对楼层的搜索。办公室、厨房、厕所……他们是如此敏捷，一眨眼的工夫，两人便回到了二楼的餐厅。

　　"……"

　　两人相视一瞬，点了点头。其中一个掏出一副厨师用的塑胶手套，戴上，又从雨衣内侧的口袋里掏出了一把手枪。那分明是托卡列夫。"咔嚓"——枪上膛了。

　　两人结伴朝厨房走去。水滴形成的影子在两人头顶游戏。厨房角落里有一扇木门。拿着托卡列夫的男人后退一步，他的同伴打开了门。

门后是一段楼梯。两人沿着楼梯，缓缓往下走。

前方出现了一座酒窖。两人扫视四周。酒窖大概十张榻榻米那么大。无处可躲。酒窖里，根本没人。

其中一个喃喃道："他不在啊……"

另一个颔首答道："是啊，不在啊。"

他们的动作没有一丝犹豫。他们不再言语，而是掉头离开了酒窖。

餐厅的门开了。一瞬间，雨声鱼贯而入。可门关上后，屋里便回归了寂静。

寂静，持续了片刻。

不久后，咔嚓……酒架往前动了动。一个男子从酒架后走了出来。

男子将酒架推回原位，竖起耳朵听了一会儿。

昏暗中，男子的身形是如此朦胧。他一步一个脚印，四平八稳地爬上了楼梯。

脚步声渐行渐远。开门，关门。餐厅重回寂静。而这次，再也不会有人打破这层寂静了。

下午两点三十分。外头的雨，依然下个不停……

将时钟的指针稍稍往回拨一些。

同一天，下午两点二十分。

北见志穗身处新宿站西口。

她靠在柱子上，身着牛仔夹克与牛仔裤，里头穿着白色的 T 恤衫，脚上则是运动鞋。

这里是 JR 新宿站西口的出站口。

有一条宽敞的地下通道。

在六十年代到七十年代，这里是人们口中的"西口广场"。从"广场"二字就能看出，这里有多么宽敞。当然，志穗并不了解那个时代。

通往小田急线地面检票口的楼梯、通往地铁丸内线的通道都在此处交汇，导致此处地形十分复杂。而且这里还面朝出租车上客点所在的转盘。转盘神似苹果核，地下通道从它的两边路过。转盘中间有喷泉与雕塑（当然，谁都不会多看一眼）。沿着这条路往前走，便是新宿都厅与摩天大楼林立的中央大道了。冷雨也毫不留情地洒在了转盘上。

众所周知，JR 新宿站是每日乘客数量最多的车站之一。每天会有三百万人使用这座车站。所以西口总是人头攒动，人来人往。

志穗靠在地下通道的柱子上。JR 西口的出站口在她的左手边。她面朝转盘，离小田急线的入口比较近。

乍看之下，她像是在等待男友出现的热恋中人。但她耳朵里的耳机，并不是用来听音乐的。

志穗在守株待兔，等待杀人犯出现。她耳中的耳机，是无线对讲机。

知道真相的看客们怕是要扫兴了。

北见志穗是警视厅"科学搜查研究所"（科搜研）特别被害者部的调查员。她的身份非常特殊，是准公务员，相当于司法巡查。但人们都会用另一个词称呼她——

特被部的诱饵搜查官。

她的任务，就是成为诱饵，以抓捕那些专找女人下手的犯人。

忽然，一个女人与志穗擦肩而过。

那个女人也很年轻。她留了一头红色的短发，穿着黑色迷你连衣裙，脚上则套着黑丝袜与一双长靴，上身披了件粉绿色的外套。真是个性感尤物。

女子走过志穗身边时，轻语道："我去左边——"

之后，她便若无其事地朝左侧走去了。

那是志穗的同事——早濑水树。

目前，特被部只有两位诱饵搜查官。

志穗瞥了眼水树，便立刻将视线转回了地下通道的人群。

人群依然熙熙攘攘，人流从不会有断绝的一刻。

新宿，绝不是一片优雅宁静的区域。就算最前沿的摩天大楼造好了，这片地区也无法摆脱那股土味。那种味道，甚至有些猥琐。

新宿站西口有许多流浪汉，这也加剧了新宿的猥琐。瞧瞧，面朝转盘的地下通道上到处都是流浪汉造的纸板箱临时屋。屋子的数量相当多，简直和居民区差不多了。

东京都政府也想不动声色地赶走这群流浪汉。他们在西口的地下通道放了好多长椅与雕塑，还铺设了自动栈道，为的就是跟流浪汉抢地皮。九六年一月，警官大举出动，强制拆除了许多临时屋。

　　然而，无论政府采取怎样的措施，西口地下通道的临时屋总是野火烧不尽，春风吹又生。敷衍了事的对策，在此处发挥不了任何作用。

　　这里可是新宿站西口啊。

　　东京最大规模的巨型车站——荣光与凄凉、富有与贫困能在此处并存，却没有任何违和感。在这里，一切皆有可能。

　　一切——杀人案，也不例外。

　　上周一，新宿站西口出现了一具女尸。死者还很年轻。

　　JR 西口出站口的右手边，通往小田急线的地方，许多临时屋一字排开。其中一个屋子空了，没人住。女尸，就出现在这样一座空屋里。

　　而且，人们发现的并不是一具全尸——

　　尸体只有一半，只有腰部以上的上半身。

　　发现尸体的人是西口警亭的年轻巡查。

　　星期一，清晨六点——

　　警方接到报案称，某个临时屋里传出阵阵异味。于是这位年轻的巡查就去现场查看了一下，谁知……

　　铺在地上的纸板全被鲜血染红了。年轻巡查一看见那块纸板，便做好了思想准备——屋里的不是死者，就是伤者。然而，当他真的看见那半截尸体时，他依然爆发出了惨叫。半截尸体，就是如此凄惨。

　　刀口从左腋下开始，将肚脐一切为二，到右腰骨为止。切口处的肌肉纤维呈红黑色，骨骼的断面异常分明，怎一个惨字了得。死者身上的血几乎都流光了。尸体跟浸过冰水一样，呈青白色，死者的表情也不是很扭曲，但这反而加剧了她给人带去的视觉冲击。

不过，切断躯干的伤口，并不是她的直接死因。解剖结果显示，她是在死后被人分尸的。

用于分尸的工具是电锯。真正的死因，是颈部的伤口。

死者的颈部右前侧有一道四厘米长的创伤。这才是她的致命伤。她的直接死因是失血过多。从创伤的种种特征看，凶手使用的是某种比较重的刀具（斧头、柴刀、日本刀等等）。但法医无法断定凶手使用的到底是哪种凶器。

照理说，"分尸"并不等于"他杀"。说不定死者是自杀的，而发现尸体的人无法处理尸体，只能将尸体切开。虽然很少有人真的用刀抹脖子自杀，但警方也不能完全排除这种可能性。

问题是，这具尸体身上并没有犹豫伤，从血迹和血流看，她绝对是被杀的。

但是……

从创伤的位置、角度和表皮脱离的状态看，行凶时，被害者是坐着的，而凶手就站在她面前。凶手从她的右上方挥下凶器，正中她的颈部。换言之，凶手是个左撇子。否则一切都说不通了。

照理说被害者应该会用手挡一下颈部才对，这是人的本能。可是，被害者手臂上并没有留下防御性伤口。被刀具袭击时，人会下意识地伸出手来抓住凶器，所以手掌上也会留下伤口，可这位死者的手非常干净。

就好像，这名被害者自始至终都泰然自若地凝视着凶手挥刀砍人一样。这也太荒唐了吧。

虽然荒唐，可被害者身上的确没有防御性伤口。这是毋庸置疑的事实。既然是事实，那法医就只能做出这种判断了。

女死者一丝不挂，临时屋里也没有留下能确定身份的东西。

由此可见，临时屋并非杀人现场。凶手在其他地方行凶后，再将尸体一分为二，最后再把尸体的一部分丢进了临时屋。

临时屋附近有四座通往地面的楼梯。凶手用毛毯将尸体裹好，来到新宿西口附近，再沿着楼梯走下来，随便找了个临时屋，把尸体随手一丢……

但这也导致了警方的另一个疑问：为什么凶手要把尸体丢在这种地方呢？

新宿站西口的地下通道总是人潮汹涌，就算是深更半夜，路上也是有人的。把车停在地面，走楼梯下来，再将尸体丢进临时屋……这个过程虽然只需要短短几分钟，可没人能保证凶手不会被路人撞见。凶手何必以身涉险呢？

不仅如此。凶手总是盼着人们能晚点发现尸体的，但西口的地下通道可谓光天化日，众目睽睽，凶手把尸体丢到这儿，不是没事找事吗？

一般情况下，分尸是为了掩饰被害者的身份，可凶手特地把能用来辨认长相的上半身留了下来，这也是一种自相矛盾的行为。

搜查本部的警官们被重重疑惑搞得头疼不已，他们百思不得其解。

总而言之，新宿站西口的地下通道并非理想的抛尸地点。脑子正常的人是绝不会把尸体丢在那种地方的。

换言之，尸体的情况极其异常，而抛尸地点也极其异常。

——莫非，凶手是个疯子？

搜查本部的警官们自然会往这个方向想。

警方立刻将尸体送去解剖。解剖结果也证明，凶手的精神状态很不正常。

尸体表面并没有精液或唾液，但尸体下侧有多处表皮剥落。问题是，这些擦伤都没有出现活体反应。换言之，凶手对尸体施暴了。

除此之外，被害者右肩的肩胛骨上有一条五厘米长、三厘米宽的伤口。肉都被挖走了。

法医认为，这道伤口也是电锯留下的。但这道伤口是巧合，还是别有深意呢？警方无从判断……

新宿警署立刻设置了搜查本部，由警视厅搜查一课六组负责调查。

抛尸地点是新宿站西口的地下通道。此地人来人往，到处都是血迹、毛发、指纹与脚印。所以警方很难发现与本案有关的线索。他们只能尽全力寻找目击证人，可迟迟没能搜集到有用的证词。

被害者的身份仍是个谜，这一点也增加了警方的调查难度。

被害者的指纹被送去了警察厅的指纹中心，用指纹自动识别装置比对。但警方的资料库里并没有死者的指纹。

死者年轻貌美，一头长发，年龄在二十岁至二十五岁之间，身高为一米六上下，体重为五十公斤左右，身上没有明显的特征……

换言之，警方没有找到任何与被害者身份有关的线索。

无可奈何之下，搜查本部只能委托科搜研，复原一张被害者"生前的照片"。

科搜研正在开发一套新的电脑相貌修复系统。这项技术叫"叠印"（superimpose），也叫"电脑雕刻"（carving）。只要有一个头盖骨，就能复原死者生前的容貌。

死者的面部没有损伤，表情也比较平静，所以修复的难度并不高。科搜研也想尝试一下这项技术。

不久，复原后的照片就贴满了东京二十三区的警亭。

"叠印"技术还不够完善，所以修复后的照片还不能成为断定死者身份的决定性线索。

搜查本部无路可走，也没有对这项成果抱有太大的期望。谁知，照片居然奏效了。

好几个人前往警亭表示，他们在尸体见光的前一天下午，在新宿站西口见到了这位被害者。

证人称：被害者在当天下午三点至三点半之间站在了西口的地下通道。通过解剖得出的死亡时间，正是那天下午六点到九点。因此证人们的证词还是非常可信的。

"那个女人长得特别漂亮，简直是女神级别的。我就想，什么人能跟这种大美女谈恋爱啊……"

其中一位证人如此感叹道。

幸好死者是个美女。若非她容貌出众，谁会记得一个站在新宿站西口地下通道的女人呢。

所有证人都表示，那个女人好像在等人。而且所有人都异口同声地说道："她手里拿着瓶红酒。"

拿着红酒，站在新宿站西口地下通道的年轻女人……搜查本部的警官们认定，她的确是在等人。她和某人约好了，之后，又被来人残忍地杀害了。

问题是，她在等的是谁呢？是丈夫，男朋友，还是素未谋面的人（也许红酒是他们的接头暗号）？搞清与她见面的人，案子就破了一半。然而，警方依然无法确认死者的身份。调查工作也陷入了瓶颈。

那时，特被部还没有参与到这起案件的调查工作中。

照理说，特被部的工作仅限于"过路杀人狂"（只有这类案件才需要上诱饵），而当时，警方还无法确认作案的是熟人还是杀人狂。

谁知……

昨天，特被部接到了一通电话。

接电话的是柳濑君江。她是女警中寥寥无几的女性刑警，平时都会留在办公室里发号施令，是特被部的司令官。

打电话来的是个年轻女人。她没有自报家门，说完她要说的，就把电话给挂了。

柳濑君江与那个女人的对话有录音记录。

以下便是录音的内容。

——您好，这里是科搜研的特被部。

——我有"新宿站西口地下通道杀人事件"的线索。

——啊？呃，我们这儿是特被部……

——明天下午三点，会有一个女人来到新宿站西口地下通道。她穿着亮蓝色的西装，手里会拿一瓶红酒。很好认的。

——喂？请问您是哪位啊？能不能把名字报给我啊？

——我叫什么跟案子没有关系吧。你就当我是善意的第三者好了。

——不知道您的名字，我们怎么确定您说的是不是真的呢？

——我可以告诉你，赤坂有一家"佐伯人才派遣公司"。他们的人才库里，有一个叫薄野珠代的礼仪小姐。她就是本案的死者。我能告诉你的就这些。

——喂？不好意思，能不能请您把公司和死者的名字再说一遍？喂？喂！……

电话到此为止。任柳濑君江如何呼唤，对方都不会再回答了。她能听见的，唯有空虚的嘟嘟声。

特被部立刻联系了片区警署的"新宿站西口地下通道杀人事件"搜查本部。听闻此事后，警官们自是亢奋不已。几名警官火速赶往匿名人提到的"佐伯人才派遣公司"。

"佐伯人才派遣公司"是专门派遣秘书、程序员、礼仪小姐等人才的公司。他们的人才登记本上，的确有"薄野珠代"这个名字。

名册上还有薄野珠代的照片。她的照片，与科搜研复原的照片几乎吻合。

当然，完全相信科搜研复原的照片未免太过冒险，但警官们已然胸有成竹了。

况且，"佐伯人才派遣公司"还留有薄野珠代的个人物品，警官成功采集了她的指纹。只要将这组指纹与死者的比对一下，便知一二。

对比结果还没出来，可搜查本部的警官们都得出了结论——被害者十有八九就是这个薄野珠代。因为"佐伯人才派遣公司"的员工们都说，薄野珠代是个世间罕见的美女。

在新宿站西口地下通道见到被害者的人也是这么说的。

薄野珠代——二十三岁，未婚。毕业于德岛县的商业高中。于五年前来到东京，之后便在"佐伯人才派遣公司"登记了。打那以后，她一直靠当"礼仪小姐"为生。她的母亲已不在人世，父亲已再婚。来到东京之后，她从没有回过娘家。名册上的联系地址是代田桥的公寓。

可惜人才派遣公司的人并不清楚她有没有固定的男朋友，或是平时都和谁打交道。他们对她的私生活一无所知。"佐伯人才派遣公司"本就不会干涉登记者的私生活。再加上这半年里，薄野珠代几乎跟佐伯这边断了联系。公司曾好几次派活儿给她，但她都婉言拒绝了。

"我猜啊，她大概找了一家条件比我们更好的公司。她长那么漂亮，只要她愿意，什么工作找不着啊——"

人才派遣公司的女社长如此说道。

警方立刻联系了薄野珠代的娘家，让她父亲来东京认尸。要不了几天，指纹鉴定的结果就会送回警局。

总而言之，薄野珠代是被害者的可能性极大。与此同时，这也意味着匿名电话的可信度很高。

换言之，只要盯紧拿着红酒，站在新宿站西口地下通道的女人，杀人犯就会现身。

要盯女人，当然是女人出马为好。

当然，片区警署也有女警，但她们都有交通课和少年课的工作要忙。

警视厅搜查一课六组与特被部合作过许多次。

警界是个典型的官僚组织，阶级森严。而且刑警们的排他意识与地盘意识很强。在这群刑警眼中，专搞"诱饵搜查"的特被部简直可疑到了极点。他们认定，特被部的诱饵搜查官是企图鸠占鹊巢的门外汉。

但一课六组的警官们是个例外。他们不得不承认，特被部的诱饵搜查官还是有点本事的。

所以，警视厅正式要求特被部前去协助调查……

雨点无情地落在转盘上。

这里是出租车的上下客点。出租车络绎不绝，你来我往。车身弹开了雨点，释放出白色的微光。许多司机打开了车灯。那场景如梦似幻，朦朦胧胧。

四周满是步履匆匆的行人。

——我要去哪儿呢？

忽然，这个疑问在志穗脑中闪过。

她参加过好几次盯梢行动，也曾多次化身诱饵，暴露在犯人面前，身处险境。她总是全身心地扑在工作上，从没有像这样在工作中走过神。

这也说明志穗太累了吧。她经历了好几次残忍的连环杀人案。她的神经已经绷到了极限。她逐渐迷失了工作的意义。诱饵搜查，真的有意义吗？就算她解决了难案，逮捕了犯人，凶恶残暴的案件也不会戛然而止。她的行为，是如此无力。

——我要去哪儿呢？

越是无力，就越容易这么胡思乱想。

就在这时，耳机里传来的声音打断了她的思绪。

"手持红酒的女人出现了，穿着亮蓝色的西装，站在自动栈道靠近都厅的入口。请立刻到这边来一趟。"

那是特被部的同事——广濑的声音。他的口气，是如此紧张。

志穗立刻赶往现场。

方才的疑问，早已飞到九霄云外。

新宿站西口有一个苹果核状的转盘。转盘两侧都是通往中央大道的地下通道。

穿过地下通道，便是酒店、东京都厅等摩天大楼林立的区域了。

志穗沿着地下通道，朝中央大道的方向走去。

她走的是JR出站口右手边的通道，靠近昴大楼与朝日生命大楼。而转盘对面的那条路上，则是行色匆匆的早濑水树。

当然，她们俩不会直接对视。她们只会用眼角余光扫视对方，与对方保持相同的步速。

右侧的通道上有自动栈道。

所谓自动栈道，说白了就是平地上的电梯。电梯分成好几段，直到地下通道的终点。

现在，自动栈道是朝都厅方向移动的。

不过自动栈道的速度并不快。所以使用这条栈道的人也不多。大多数人都选择了自动栈道旁边的人行道。

志穗也是其中之一。

——这种东西，造了也是浪费钱。一点儿用都没有。

据说东京都早就制订了铺设自动栈道的计划。

但它只有一个方向，而且它的起点设在地下通道的半路上，显得非常唐突，难免给人以权宜之计的印象。

恐怕都政府之所以凑钱建设这条栈道，是为了赶走聚集在地下通道中的流浪汉吧。

然而，自动栈道建成后，流浪汉们只是把临时屋挪了个地方而已。

这个法子，只能争取时间，并不能从根本上解决问题。

志穗走到了自动栈道的尽头。

——看见了。

志穗顿时紧张起来。

那个女人，就在眼前。

她还很年轻，不过二十来岁。

身高一米六五左右，比普通女人略高。

她的身材匀称，紧身的西装更显苗条。爱马仕的围巾在领口若隐若现。加上宽松的白色短外套，就更显休闲了。

此人长发披肩，戴着深色墨镜，涂着血红的指甲油……颇有些模特范儿。

现在是下午两点四十五分——

过了午餐时间，却没到晚高峰。换作其他地方，路上早就没人了。可新宿总是人潮汹涌。就算是深夜，也不会有"夜深人静"的时刻。

女子在人群中异常显眼。她没有被人群淹没，而是超然脱俗，鹤立鸡群。她的腋下，夹着一瓶红酒。

她的脚边放着一个大号旅行袋。八十厘米宽，一米多长，六十多厘米高，外面套了一层透明塑料膜。年轻女人很少会拿这种袋子走来走去。岂有不显眼之理啊。

女子纹丝不动。

貌似在等人。

她在等的，是杀人犯吗？

志穗来到通道对面站稳。

不动声色地，用眼角余光捕捉女子的身姿。

——她好漂亮啊。

这便是她给志穗留下的第一印象。

可不知为何，志穗又想：我好像在哪儿见过她……

志穗眨了眨眼。

不可能。要是她见过这种大美女，又怎么会不记得见面地点呢？

志穗重新打量起这位美女。不可思议的是，"似曾相识"的感觉悄然消失了。当然，志穗并没有见过她——她可不是会被人遗忘的人。

"似曾相识"，也许是志穗的错觉吧。可她为什么会产生这种错觉呢？这就是所谓的"既视感"吗？

志穗将视线一扫。

视野角落，出现了广濑的身影。

广濑站在通道的另一侧。他正靠在柱子上看报纸。不，准确地说，他是在"装出看报纸的样子"，暗中观察目标人物。他已完全融入了街景，朴实无华，不会引起路人的注意。

广濑才二十四岁，但在调往特被部之前，他在本厅的搜查一课干了两年。盯梢，还不是小菜一碟吗。

广濑将报纸折起来，塞进西装口袋。这时，他向志穗使了个眼色。

志穗犹豫了。

广濑使了眼色，可志穗看不懂。

水树则站在车道对面的人行道上。

水树立刻有了反应。见水树走回了新宿站，志穗才搞清广濑的用意。

广濑的意思是：这儿有我看着就够了。

志穗和水树都确认了女子的长相。为了防止她来回走动，她们俩应该去别的地方等着。要是三个人同时迈开步子，就非常显眼了。为了避免这种情况，志穗和水树还是趁早挪窝为好。

志穗学着水树的样子，回到了新宿站附近。

她紧咬下唇。

毋庸置疑，广濑是位非常能干的同事。

然而，他平时都跟水树搭档，从没跟志穗合作过。所以，他们之间并没有默契。

特被部的远藤慎一郎部长麾下有两名诱饵搜查官。每位搜查官都有一名刑警搭档。再加上负责和本部联系的柳濑君江，整个部门一共六个人，规模并不大。

志穗的搭档是个叫袴田的老刑警，大概五十岁上下。

他与年轻的广濑不同。广濑年纪轻轻就在搜查一课待过，可袴田呢？他并不是一位非常能干的刑警。他被各大警署的防犯课（风纪组）踢来踢去，好容易回到了本厅，却被发配来了特被部。说白了就是，没有一个部门愿意要的刑警。

广濑之所以主动要求调到特被部去，是因为搜查一课的工作太忙，没工夫准备升级考试。而袴田，则是被本厅"打发"过去的。

总而言之，袴田很老练，很狡猾，对工作却不怎么上心。所以他并不是个非常理想的搭档。

然而，志穗在与袴田合作的过程中逐渐摸透了袴田的心思。所谓搭档，就是"保险绳"。换搭档，可不像换领带那么简单。

麻烦的是，这位袴田大哥在办案时受了重伤。好在他恢复得不错，可他迟迟不愿回来工作，美其名曰——"我还在复健"。他本就不是个勤快的刑警，一受伤，他可不得抓紧机会偷懒吗。

城门失火，殃及池鱼。志穗只能在搭档不在的情况下工作。

广濑的确能干，但志穗没跟他合作过，摸不透他的脾气。他们还不够默契。

志穗很是气愤。

——开什么玩笑……

可她有火没处发。因为这位搭档，还住在医院里享清福呢。

她一边走回新宿站，一边怀念袴田。

虽然怀念，可她心里也是义愤填膺。

——袴田大哥，你也太不负责任了吧。你不在，我都没法好好盯梢哎……

不过，志穗大可不必着急。

地下通道中还有许多搜查本部的警官们。他们站在远处，将女子围了个水泄不通。志穗听说，这次盯梢行动至少派出了二十名警官。

警官们不敢太过接近，以免打草惊蛇。好几个五大三粗的男人站着不动，未免太引人注目了。照理说人们是不会约在西口地下通道见面的。

地下通道的视野不够开阔。警官们也无法站在远处用望远镜盯梢。无可奈何之下，警官们只能用移动电话相互联系，并将紧盯女子的工作委托给特被部。

志穗后退至西口的警亭附近。

转盘的出租车上客站就在附近。

就在这时，耳机里传来了广濑的声音。他好像有些紧张。

——目标动了，上了自动栈道。

当时是下午三点——

志穗下意识地去搜寻水树，可水树已融入人群。

水树还很年轻，但她是一位经验丰富的诱饵搜查官。将自己融入人群，是她的拿手好戏。

先别管水树了。

志穗自己拿主意便好。

目标人物动了。但志穗决定，按兵不动。

就这么等着。

只要她不走进沿途的大楼，她就一定会出现在志穗眼前。

别到处乱跑，等在原地才是上策。

这时，广濑又说道——

"目标人物朝新宿站那边去了。我……"

他停顿片刻，忽然支支吾吾起来。

"我有件事要查。过会儿再过去。你去自动栈道附近等着吧。别跟丢了。"

有件事要查？志穗很是莫名。目标人物都往这边来了，他还有什么要查的啊？

然而——

志穗没有时间追问。当务之急，是紧盯这个女人，绝不能跟丢。

她照广濑说的，迅速朝自动栈道走去。

女子很快出现在了志穗的视野中。

志穗看见她走下了自动栈道……

志穗赶忙错开视线。她的动作是如此自然。但她的眼角余光，依然能捕捉到那个女人的身影。

女子弯下腰，用双手推着那个大旅行袋。这个旅行袋貌似是有轮子的。她手上的红酒不见了。也许是塞进了旅行袋吧。下了自动栈道，便是昴大楼了。左手边则是地下通道的分歧点。

女子朝左边那条路走去。

志穗顿时紧张起来。

她担心，这个女人是不是要上去了？

左边那条路的前方，是通往地面的楼梯。一旦上到地面，便是四通八达的新宿闹市区了。到时候，警方就无法跟踪了。这场盯梢行动也会以失败收场。

但志穗白担心了一场。

女子转弯后，便走进了路边的银行。

三点已过，银行已经关门了。女子走去了 ATM 区。当然，这没什么大不了的。

志穗松了口气。

女子很快走出了银行。

她瞥了眼手表。

好像有些着急。

走路的速度也变快了。

她懒得推旅行袋了。只见她用双手捧起袋子，在人群中穿梭。她貌似想绕到转盘后面的人行道去。

水树在志穗的视野尽头闪过，她的行走方向与女子正相反。擦肩而过时，水树扬起下巴，指了指刚才那家银行。看来她想去银行调查一下。

志穗不动声色地点了点头，以示"明白"。

但她并不服气。广濑没跟来，因为他"有事要查"。这下可好，连水树都去银行了。当务之急，明明是跟踪那个女人啊。他们到底要查什么啊？简直莫名其妙。

女子绕过转盘，来到对面的那条通道。

志穗立刻跟上。

广濑与水树都脱离战线了。搜查本部的警官们等在西口地下通道的远处，一时半会儿是指望不上的。换言之，跟踪的人，只剩志穗一个了。她能不紧张吗？

突然，女子停住了。她将后背靠在地下通道的柱子上。

她在干什么啊？她在等人吗？两分钟过去了，三分钟过去了，五分钟过去了……忽然，她又走了起来。

西口地下通道依然人头攒动。这里为什么会有这么多人？那个女人很显眼，不用担心会跟丢。但志穗盯得越紧，就越是看不到周围行人，一不小心就会跟人撞上。太危险了。

志穗紧张得浑身大汗。

忽然，一个男子突然走出人群，来到了志穗旁边。那人身材高大，还调整了自己的步速，保证他能和志穗并排走。

"部长……"

志穗不禁喊道。

特被部部长远藤慎一郎，朝志穗点了点头。

远藤慎一郎，三十四岁——

他是一位犯罪心理学专家。是他设立了警视厅科搜研的外围团体——特别被害者部。之后，他便就任了特被部的部长。

他是犯罪心理学界百年难得一遇的天才。但他的身份，终究是个普通人。他之所以能设立特被部，离不开"家族"这一强有力的后盾。

远藤家族是司法界的名门望族，其历史可追溯到二战之前。他的父亲是高等检察厅的检察长，叔父是东京律师会的会长，在法务省工作的其他亲戚数不胜数。由此可见，远藤家族人才辈出，为司法界输送了无数人才。

远藤在设立特被部时也充分利用了他的人脉。

不过这也导致了检察厅与警界内部对特被部的反感。司法界普遍认为，"诱饵搜查"的合法性还有待商榷，也有不少人对此大加批判。

聪明如远藤，岂会察觉不到反对势力的动静，但他总是"我自岿然不动"。远藤在某些事情上非常老练，但对于另一些事情又极其超然脱俗，从这个角度看，他也是个非常复杂的人。

远藤是特被部的部长，但他总把特被部经手的案子当犯罪心理学的案例看。他是个彻头彻尾的学究，从不会亲自来到调查现场。

这样的远藤，竟会出现在西口地下通道——难怪志穗会如此惊讶。

"部长，您来干什么啊？"

她轻声问道。

"呃，我有点事要查——"

远藤也轻声回答道，他的脸依然朝着前方。

又来个"有事要查"的人。

广濑说，他有事要查。水树也跑银行去了。这下可好，连远藤都有事儿要查了……

志穗有种被孤立的感觉，她不明白特被部的同事们到底对什么产生了好奇。每次遇到这种情况，她都会无比怀念搭档袴田。毕竟，他们已有默契。

不过……一码归一码。能与远藤并肩作战，终究是一件让志穗心头小鹿乱撞的事儿。她忽然担心起自己身上的汗来——我会不会有汗臭味啊？

——啊呀……这种时候，我在胡思乱想些什么啊。

志穗对远藤的感情，并不是所谓的恋情。但不可否认的是，她的确很倾慕远藤。

对未婚的年轻女性而言，远藤就是典型的"白马王子"。

远藤长得十分帅气，是一位知性美男子。他才三十四岁，却已是犯罪心理学界的世界级权威了。可他身上完全没有学者的柔弱。无论何时，他都是如此冷静。他的行动力，只能用"豪爽大胆"来形容。再加上远藤家是名门，而他又没成家……

是个女人，都会被远藤吸引。

然而，远藤对女人的兴趣并不大。不过他也不是同性恋。远藤身上，总有种超乎男女关系的"超然"。他如坚冰般冷酷。没有一个女人，能融化他心中的寒冰。

——我高攀不上啊……

志穗很清楚远藤是她遥不可及的人，但和远藤独处时，她总免不了心跳加速。

总而言之，现在可不是玩少女心的时候。情况紧急啊。

不知名女子绕过转盘，沿着楼梯，往地面走了。

她的旅行袋非常大，但她不费吹灰之力，就把包抬了起来。由此可见，包里怕是没装什么东西。

志穗与远藤跟上。

一到地面，便是安田生命第二大楼。它的一楼，是中央高速巴士公司的新宿总站。

女子走进了巴士总站的售票处。

志穗与远藤相视一瞬后。

"你在这儿等着，我去确认一下她的去处。"

远藤如此说道。

"我也去！"

"不行，你已经跟踪了很久了。要是一路跟进车站，兴许会被她察觉。"

不等志穗回答，远藤便走进了售票处。

志穗只能原地等候。

——杀人犯终究还是没出现。

志穗很是失望。要是女子跳上巴士远走高飞，那他们的盯梢就得以失败告终了。

莫非……匿名女子在电话里给了假情报？不，不可能。拿着红酒的女人不是出现了吗？这就说明她的情报非常可信。既然不是假情报，那就意味着……犯人察觉到了警察？拿着红酒的女人到底是什么来头？她和犯人又是什么关系呢？

问题太多了。

最让志穗困惑的是，为什么远藤会出现在现场？换作平时，他是绝不会出山的。

这时，远藤走出了售票处。

"她买了三点四十五分出发的车票，是经由石和的下行甲府线，会在五点五十五分抵达终点站甲府站。她买了到终点的票，但没人能保证她一定会在终点下车。我们可以请山梨县警方协助调查，但她要是在半路上下车，埋伏在终点站的刑警就会扑空。所以我想上车跟踪她——"

志穗懵了。她做梦也没想到远藤会和这名女子上同一辆车。

"可我不能在新宿上车。她的警惕性很高，我怕她察觉到我是盯梢的。我打算坐 JR 中央线赶去八王子。只要坐特快列车，四十分钟不到就能到八王子了。再打车去中央高速的八王子车站的话，只要二十分钟左右。三点四十五分的高速巴士是四点二十七分到八王子。现在是三点十五分。我稍微赶一下，应该来得及。"

"可……巴士在抵达八王子之前还有三鹰和府中这两站不是吗？要是她在那两站下车了怎么办？"

"没关系，巴士公司有规定，在抵达相模湖车站之前，巴士是只上不下的。"

"可……部长您为什么要亲自出马呢？我上车就是了啊。"

"我刚才也说了，你已经跟踪了很久了，说不定她都记住你了。你去实在太危险了。"

"可是……可是……"

"别争了，"远藤的眼神杀气腾腾，异常严肃，志穗从没见过这样的远藤，"详细情况我回头再跟你解释。这件事对我非常重要，我必须查清那个女人的身份。"

"远藤部长……"

志穗喃喃道。然而，远藤早已转身离去，快步走下通往西口地下通道的楼梯。

一切发生得太快，叫志穗手足无措，呆若木鸡。

事后，志穗无数次回忆起与远藤的这段对话。"我为什么没有问清楚呢！"

——志穗追悔莫及。再后悔，也为时已晚了。

前往甲府的高速巴士于三点四十五分准时发车。

目标人物的确在车上。

——远藤部长能不能在八王子赶上这趟车啊？

志穗满心祈祷，目送巴士离去。

这时，她忽然察觉——

其他警察呢？广濑跟水树呢？

本部的其他警官都在等广濑的信号。杀人犯并没有出现，所以他们也没有采取行动。可他们也该出来确认一下可疑女子的身份吧？为什么他们一点儿动静都没有啊？

照理说远藤是不应该单独坐 JR 中央线赶车的。本部应该派一名警官同行。就算不派人，也该出来确认一下啊。

不知不觉中，追踪不名女子的人只剩志穗和远藤了。

——这也太扯了吧！

莫名的不安掠过心头。志穗心想，莫非……出了什么事？

她回头望向新宿站。

就在这时，一辆白色的面包车沿着青梅街道驶向新宿站。

车身上写着"警视厅"三字——那是警视厅鉴识课的面包车。眼看着它绕去了新宿站西口的转盘。

——真的出事了！

普通的盯梢行动怎么会有鉴识课出马！他们没必要来啊。

志穗吓得汗毛竖起。

不安已成现实——真的出事了。

志穗赶忙下到地下通道。

沿着通道狂奔。

直觉告诉她——杀人犯又动手了。搜查本部和特被部都被凶手摆了一道。警官们的全部注意力都集中在那个女人身上，而凶手则趁机对第二名牺牲者张开了血盆大口。不祥的预感，将志穗勒得喘不过气来。

然而，志穗的预感只猜对了一半。不祥的预感，总是比较容易中的。

西口地下通道一片哗然。地下通道本身仿佛变成了一条共鸣管，发出"嗡嗡"的响声。

JR 出站口右侧的通道被警戒线拦起来了。西口警亭的警官们跑来跑去，大喊大叫，将行人引导去对面的通道。所有人都是杀气腾腾，但行人们并不买账。没有比围观群众更难对付的人了，他们是一群没有个性的集团。他们争先恐后地冲向了警戒线，一不小心，情况就会失控。

志穗不得不推开人群，朝警戒线跑去。

围观群众总是很凶暴的。他们用手肘推推搡搡，想把志穗排除在外。

志穗只能喊道："我是警察！请让一下！"

可她喊了也没用。围观群众不会接纳她。

围观群众在志穗的视野中摇晃，吵嚷，怒骂，欢笑。好几亿只蜜蜂，撼动着地下通道的空气。

每个人的脸都融入了"群众"这个集体。他们已完全失去了个性。群众中的，并不是"人"，而是名为"围观群众"的怪物。他们是充满恶意，唯恐天下不乱，将他人的不幸吞噬，拒绝，饱含巨大贪欲的食人阿米巴原虫。

志穗战栗了。那是让她周身颤抖的，深达骨髓的恐惧。

志穗进特被部之后，处理的都是有关变态杀人犯的案子。她将全部的热情，都倾注在了追踪变态杀人犯这件事上。

然而，此时的志穗忽然产生了一个疑问：我是不是误会了？我是不是犯了个愚蠢的原则性错误？这个世界上，就没有不异常的人不是吗？人，都是充满恶意的变态。在追逐变态罪犯的过程中，总免不了与人类这种巨大的变态相对峙。

换言之，这就是向志穗袭来的恐惧的实体。她会颤抖，也是理所当然的事。

这时，志穗听见了笑声。

笑声过后，是这么一句话：

蠢货。做这种事有什么用！

志穗认定，那是对她的嘲笑——你的努力，都是徒劳。那就是对她的耻笑。

志穗站住了。

她险些爆发出惨叫。

这时，一只手从人群中伸了出来，抓住了志穗的手腕。

那只手，用力将志穗拽了过去。

伸手的人，是搜查一课六组的井原主任。

井原的脸色都变了，不由分说地拽着志穗往前走。

"怎么回事啊，井原警官，出什么事了——"

志穗问了好几次，可井原就是不吭声。

井原正处在"暴怒"的状态。他粗鲁地拨开围观的群众，有时还会用力推一下。他的脾气的确火爆，可志穗从没见过他如此狂躁的模样。

穿过群众之后，便是一片寂静了。好似台风中心一般，风平浪静。

那里正是地下通道左侧的银行。

鉴识课员们忙着给现场拍照，还有不少人趴在现场找线索。警官们也异常忙碌。好几辆特别机动搜查队的便衣警车弯进了转盘——这是志穗习以为常的案发现场的风景。可在场的人都默不作声，一脸沉痛的表情。到底出了什么事？

井原主任也没发话，而是扬起下巴，示意志穗往银行那边看。

志穗独自走进银行的 ATM 区。

好几名刑警站在那里，意气消沉。见来人是志穗，其中一名刑警稍稍让开了。每个刑警，都脸色铁青。

ATM 区里，传出女子的啜泣声。

那分明是早濑水树的哭声。

志穗有了预感。她知道她即将看见的是什么，如果可以，她真不想看。她真想直接逃跑，可她不得不看。她无处可逃。

她往 ATM 区里一看。

那是一片只有五坪大的空间。墙上设置了好几台 ATM。另一边则是通往银行的卷帘门。天花板上的日光灯快坏了，青白色的光一闪一闪……

一名男子仰面倒在地上，他的脖子上缠着一条电线。电线深深陷在他的脖子里。如海绵般膨胀的舌头暴露在空气中。他的双眼瞪得硕大，脸上满是鼻涕与口水。那是一张何等惨不忍睹的脸啊。志穗眼前的死者，分明是特被部的广濑。

而水树，则埋在广濑的怀里，泣不成声。

见状，志穗忽然心想——啊，原来水树是喜欢广濑的啊。

广濑对水树穷追不舍，但水树总是以"太极拳"回应。志穗还以为，广濑是在单相思呢，原来事实并非如此。

——什么嘛。既然你喜欢他，为什么不来找我商量呢？你来找我，我肯定会帮你出谋划策的啊。你可真傻啊，跟我见什么外啊。你们明明这么般配……

志穗竟面露微笑。

那是何等异常，何等僵硬的微笑。她的歇斯底里快爆发了。但她并没有察觉到自己的异常。

"北见搜查官——"

井原吓傻了，赶忙问了一句。但志穗并没有理睬他。

她继续微笑，水树则哭个不停。

从这一刻开始，特被部开始分崩离析，坠入毁灭的深渊。特被部的成员将会被卷入一场绝望的死斗。但此时此刻，还没有一个人察觉到危险的逼近。

志穗将女子与远藤的去向汇报给了井原。搜查本部立刻联系了八王子警署、神奈川县警与山梨县警，请求多方协助。无奈现场一片混乱，联系也不是那么及时。

最终，警方在中央高速的巴士通过上野原之后，才赶上那趟车。

在经过相模湖车站之前，巴士是只上不下的。上野原站是相模湖之后的第一站。这也是唯一一个既可以下车，又可以上车的车站。从再下一站猿桥到终点，是"只下不上"。

无可奈何之下，神奈川县警只能将追踪的任务交给山梨县警。他们也不知道神秘女子会在哪一站下车。警方只能一路紧跟，保证她无论何时下车都能有人看着。他们必须查清这名神秘女子的身份。

从猿桥到终点站甲府，共有十个车站。警方没有余力在每一座车站安排人手。他们唯一的方法，就是开警车跟着巴士。

不能光指望远藤。不，远藤在不在那辆车上还有待商榷。没人知道他的移动电话号码，所以警方根本联系不上他。

远藤到底有没有在八王子上车？警方连这一点都确认不了，而且他们也不知道神秘女子有没有在上野原的车站下车。

如前所述，在巴士抵达相模湖之前，乘客是不能下车的。从猿桥到终点站，好几辆警车轮流跟踪，确认那个女人没有下车。唯一没人盯的就是上野原车站，所以警方也不清楚有没有乘客在那一站下车。

搜查本部只能求老天保佑了——要是那个女人没在上野原下车就好了，要是远藤在八王子上了车就好了。除此之外，他们无能为力。

负责跟踪巴士的警车接连联系了本部。看来……神秘女子并没有下车，也许她真的打算坐到终点站。

山梨县警的人正在终点站——甲府站严阵以待。

只要她在终点站下车，山梨县警就能派人跟踪了。谁知……

三点四十五分发车的中央高速巴士临时车将于五点五十五分抵达终点站，甲府。

在那之前，"新宿站西口地下通道杀人事件"搜查本部束手无策。他们只能等待山梨县警的联系。

当然，他们可以通过业务无线电联系巴士等待司机，让他不动声色地监视那名女子。这种方法比神奈川县警和山梨县警的"接力跑"合理得多。

然而……现阶段警方还没有权力这么做。毕竟，他们没有足够的"理由"。

这名神秘女子只是有遇害的可能性而已（而且警方的依据仅仅是一通匿名电话），她本人并不是罪犯。而且她坐上了长途巴士，照理说她遇害的可能性也下降了不少。

为保险起见，搜查本部决定先查清她的身份，暗中调查她与杀人案的关系。如有必要，再请她回警局协助调查。

从尊重人权的角度看，警方不能做得太过火。

不过——

警方也没有余力管这个上了大巴的女人。因为他们的当务之急，是解决广濑警官的案子。

广濑是特被部的人，但他终究是一名在职的刑警。

一名在职的刑警，在执行公务的时候遇害了。最要命的是，他周围明明有其他警官守着。难怪警官们会如临大敌，杀气腾腾。

上了大巴的女人，是次要的。

广濑是三点过后进的ATM区。而这名女子只在银行里停留了几分钟。为什么广濑要跟进去呢？为了调查银行，他特地中断了对女子的跟踪，这就说明银行里有非常重要的线索。在那之前，广濑就跟志穗打了招呼——"我有件事要查"。

当时，ATM区里并没有别人。银行一般在三点关门。入口处的卷帘门放下之后，ATM区就不那么显眼了。在西口地下通道的人要往左弯一下才能走进银行，而且银行与地铁站并不相通。换言之，银行的ATM区是个死角。

在这个死角的空白瞬间，广濑一命呜呼。验尸官（刑事调查官）认为，他是被勒死的。

有人站在他背后，用电线勒死了他。

凶手手持电线的两端，将电线在广濑脖子上绕了一圈。

广濑颈部有所谓的"吉川线"——细线状的表皮脱落。被害者的颈部受到压迫，痛苦难耐，就会用手指去挠自己的脖子，于是就留下了这样的伤口。

"他走得一定很痛苦。可恶，凶手真是太残忍了——"

验尸官恶狠狠地说道。

一听这话，志穗心中便燃起了熊熊怒火，那是堪比杀意的激愤。

水树的啜泣仍在耳边回荡。柳濑君江已从特被部赶至现场，陪着水树。然而，在真凶落网之前，水树的悲哀绝不会有愈合的一天。

验尸官在颈部的右前侧发现了更多电线纤维。这说明凶手的左手更用力。换言之，凶手是个左撇子。

搜查本部非常重视这条线索。因为杀死薄野珠代的人，也是个左撇子。

目前，警方还没有发现能锁定凶手的有力证据。

万幸的是，ATM区装了摄像头。只要查一下录像，就能搞清广濑遇害时的情况。摄像头说不定还拍到了凶手的正脸。警方征得银行同意后，便将录像带送去了鉴识课……

当时已是傍晚六点。

井原看了看表后，向一名年轻刑警命令道：

"喂！快联系本部！大巴快到甲府站了，山梨县警方应该有消息了啊——"

然而，不等年轻刑警与本部联系——

一名警官边气喘吁吁地冲进了现场。

警官说，山梨县警联系了搜查本部。

可他们带来的消息，令人震惊。

下午六点，中央高速的巴士抵达了甲府站南口的甲府巴士总站停车场，比原计划稍晚了一些。

山梨县警的警官们在甲府总站守株待兔。

警视厅已将神秘女子的容貌与着装通报给了山梨县警。只要这个女人一下车，警官们就会立刻跟上。

然而，这个女人并没有下车。

警方确定，她的确上了车，但她并不在车里。这就意味着她在某个车站下车了。可她究竟是在哪儿下的车呢？答案很简单——

警方是从猿桥车站开始跟踪的，所以警方能确定她没有在猿桥和甲府之间下车。而三鹰到相模湖则是"只上不下"的。

上野原站允许乘客下车，而且当时警车还没有追上大巴。

换言之，神秘女子只可能是在上野原下车的。

山梨县警的刑警们找大巴司机确认了一下，但司机记不清乘客们是在哪一站下的车。

警视厅明确告知山梨县警方：女子买了到终点站甲府的票。就算警方将留在票箱里的票拿去鉴定，也无法确定她是在哪一站下的车。

不过……

"还有什么好确认的啊。她肯定是在上野原下的车啊。还用问吗？"

一名刑警如此断定，他的同事们也表示同意。

就在这时……车站的工作人员走了过来。他提供的线索，将案件引向了始料未及的方向。

"警官，车上有一件乘客落下的行李，不知道这件行李跟你们查的案子有没有关系啊？"

"行李？"

刑警们一脸疑惑。

"请随我来……"

工作人员将刑警们带去了大巴那儿。

大巴侧面有一扇门，门后的空间专门用来放大件行李。警官们定睛一看——里头分明是一个罩着塑料套的大号旅行袋！

刑警们顿时露出紧张的神色。

警视厅称，女子在新宿上车时带着个硕大的旅行袋。而且，旅行袋外面罩了层塑料套。这不就是那个旅行袋吗！

"您也觉得很奇怪吧？这么大件的行李，怎么会说忘就忘呢？"

工作人员本想把行李袋拽出来，可他一伸手，便皱起眉头喃喃道："怎么搞的，这包好沉啊……嘿咻……"他用力一拽，将行李袋拽上了手推车。咚！

刑警们面面相觑。那沉重的响声，让警官们产生了某种预感——极其不祥的预感。

一名刑警确认了旅行袋的重量。好沉。强壮的刑警，也只能勉强抱起那个袋子。谁会带着这么重的旅行袋出门啊。

"这也太沉了，至少有四十公斤吧——"

"有这么重吗？这……不对劲啊……"

另一名刑警弯下腰，看了看购物袋的拉链。拉链用锁扣锁住了。日本的治安还算不错，在国内旅游，何必在旅行袋上加锁呢。

"这是与案件有关的遗留物品。我们必须确认袋子里的东西，找到失主，你听明白了吗——"方才抱起旅行袋的刑警凝视着车站工作人员说道，"我们会打开这个旅行袋，还请你做个见证。"

另一名刑警摆弄着那把锁，问道：

"车站里有撬棍之类的东西吗？我想把这把锁撬开。"

工作人员也察觉到了两名警官的紧张。他立刻回答道："有！有！"他走回办公室，拿了个工具箱过来。

警官轻而易举地撬开了锁。

其中一位警官提起拉链扣，深呼吸后，一口气将拉链拉到底。

旅行袋开了。

工作人员惨叫一声，往后跳了一大步。

一具躺倒的女尸从旅行袋中滚了出来。她弓着背，四肢收紧，头部紧贴腹部。掉出来之后，她便跟断了线的木偶似的，四仰八叉地倒在地上。她浑身是血，长发铺了一地。

两位刑警早有思想准备，没有失态。即便如此，他们还是吓得面无血色。

他们盯着女尸，呆立了许久。

"蓝色西装，长发……"不久后，一名刑警用沙哑的嗓音喃喃道，"喂，这不就是我们在找的女人吗？这到底是怎么回事？她上车的时候还好好的啊！怎么说死就死了呢！这也太荒唐了！"

"不知道啊，我也不知道啊——"另一名刑警低吟道，"我什么都不知道啊……"

没错，这是一起极其莫名其妙的案件。活着坐上巴士的女人，在巴士抵达终点之后，竟成旅行袋中的女尸。没有比这更离奇的案件了。莫非凶手用了魔法不成？

在这个世界上，费解的案件层出不穷。人类，本就是种费解的生物。人类犯下的罪行，岂有不费解之理。

刑警们受过严格的训练。再费解的案子，也得从现实入手。否则，他们就当不了称职的刑警。

在这个世界上，没有比刑警更"现实"的人了。

两名刑警并没有茫然太久。

他们很快恢复了正常。

"喂！快让我打个电话！电话在哪儿？"

一位刑警十万火急地吼道。

工作人员半晌没说出话来，他的牙根瑟瑟发抖。

山梨县警在巴士里发现了神秘女子的尸体——接到消息后，"新宿站西口地下通道杀人事件"搜查本部一片哗然。

片刻后，山梨县警又发来消息称，女死者的颈部与薄野珠代一样，都有一道刀伤。这下可好，搜查本部更是乱上加乱。

山梨县警的验尸官检查完尸体后认定，凶手是个左撇子。

凶手站在她面前挥下凶器，但被害者并没有躲闪——薄野珠代也是如此。

自不用说，上面这些都是疑点，可最不可思议的是：一个活着上车的被害者，为什么会变成行李箱中的尸体呢？

凶手是如何在行驶中的巴士里行凶的？又是如何将尸体装进旅行袋的呢？

警方没能在死者的衣物上发现有关她身份的线索。

总而言之，搜查本部在新宿站西口地下通道展开的搜查行动，以彻头彻尾的失败告终。

警方不仅没能保护好她，还眼睁睁地看着自己的同事死于非命。

还有比这更难看的失败吗？

出乎意料的事接二连三。搜查本部乱作一团。谁都没想起远藤慎一郎。

直到那天深夜，警官们才意识到，远藤失踪了……

……因良心的苛责而颤抖？因罪孽深重而流泪？原来如此。我的双手，的确沾满了鲜血。我杀死了好几个女人。我赤身裸体沐浴着热气腾腾的鲜血。我吸食着鲜血，在鲜血中恍惚，因高潮感而振奋。然而，年轻女人的血，不就是红酒吗。因红酒沉醉的人，又有什么资格来指责因鲜血而沉醉的我呢。

请不要误会。我之所以颤抖，并不是因为区区负罪感。

我之所以颤抖，是因为我亲手葬送了如此可怜可爱的美女。这是何等的荣幸。

如今躺在我眼前的女人曾在我面前展示过她那光洁闪耀的裸体。一次又一次，毫无吝惜。

然而，她从没有像今天这么美丽过。我从没有像今天这样，打心底里爱过她。

她双腿打开，挺起腰肢，将私处展示在我面前。可是我的爱人，天下无不散之筵席啊。

你将接纳的不是我，而是冰凉的真空泵。将注入你身体的不是炙热的液体，而是冰凉的空气。即便如此，我的爱人，聪明如你，也不会对我的爱（这深沉的爱！）产生丝毫怀疑……

❋

中央高速公路小佛隧道

1

十月二十日，星期六。

一大早便下起了大雨。

晚上十点三十分——

中央高速公路的八王子至上野原下行车道堵车了。

每到晚上十点，上野原到大月路段的拓宽工程就会开始施工，堵车在所难免。

再加上今天是星期六，堵得就更厉害了。

大雨滂沱，车辆在高速公路上排成一串。开两步，停一会儿。开三步，再停一会儿。

小佛隧道也堵上了。

小佛隧道是高尾与美女谷温泉之间的隧道，在中央高速公路的八王子入口和相模湖东出口中间。

下行车道完全堵上了，车辆几乎一动不动。

那辆车行驶在中央高速公路左侧的超车道上。不对，不是"行驶"，是"停"。它停在隧道里，距离隧道入口约一百米。

那是一辆很普通的红色国产轿车。

后面的车好容易前进了五米。

唯有那辆红色的车一动不动，牢牢停在原地。

后车的司机们自然烦躁，大伙儿都开始按喇叭了。

碰上堵车，疲劳的司机难免会打起瞌睡。

然而，喇叭声这么吵，睡得再熟也该醒了吧。

可那辆车就是不动。

拜其所赐，这条车道上的车都动弹不得。

一名男子忍无可忍，从车里走了出来。他的车与红色轿车之间隔了三辆车。他边走边骂，眼看着就快走到红色轿车门口了。

就在这时。红色轿车的喇叭突然响了一下。响的不光是喇叭，还有女人的惨叫。但叫声只持续了短短一瞬。

年轻男子呆住了。他悔不当初。早知如此，就不该下车的——他下意识地转身，想冲回自己的车。

但他终究还是往红车那边走了。他探出头，看了看那辆车的驾驶座。片刻后，他一声大喊，冲向了隧道墙边的电话。

小佛隧道入口处的信号灯亮起红光。

小佛隧道的下行线被封锁了。

五分钟后，高速公路的作业车抵达现场，将隧道内的超车道封锁起来。公路堵得更厉害了，可这也是无可奈何。

又过了一会儿，警车来了。警官向八王子警署汇报了现场的大致情况。

他们的汇报，非常混乱。

接到汇报后，警署的警官命令现场的警官"再冷静些"。可事后一寻思，他便意识到"冷静点"实在是太过强人所难了。

十分钟不到，片区的警车、特别机动队的便衣警车、鉴识课的面包车接连赶到现场，导致现场的混乱局面愈发不可收拾。

为什么案发现场会如此混乱？因为警方在"事件性的认定"上花了许多时间。所谓"事件性的认定"，就是"判断一起案件是不是杀人案"。如果警方认定这是一起杀人案，而且案件才刚发生没多久，便会下达紧急通缉令。

那么警方为什么会在这一步上花那么长时间呢？因为现场的情况充满了矛盾，让警方难以判断这到底是自杀案还是他杀案。

被害者是一名年轻女子。

她坐在驾驶座上，头则趴在仪表板上。

她的面部呈暗紫色，还略有膨胀，眼睑眼球结膜中也有出血点。

而且，她的颈部留有明显的勒痕。

也许……是有人在她趴下的时候，用安全带勒死了她。

她的颈部留有安全带的斜纹，但还有一条更清晰，也更细的勒痕。

一看便知，被害者是被勒死的。

但"勒死"还不足以判断她是自杀还是他杀。

勒死一个人只需要三点五公斤的压力。就算一个人是被绳索勒死的，警方也无法立刻断定她死于他杀。

问题是，警方没有在车内发现用于勒死被害者的东西。

如果现场没有发现绳索，那就意味着死者是被人杀死的。因为死者不会动，会带走凶器的，自然是凶手。

被勒死的人大多会失禁，这名被害者也不例外。

被尿液弄湿的地方并不是被害者所在的驾驶座，而是副驾驶座。这一点也证明她有可能死于他人之手。

有人挪动过尸体。

而且这名被害者曾发出过惨叫，那定是被勒住脖子时的惨叫。

从现场的种种情况看，她的确是被人杀害的。

问题是——

凶手上哪儿去了？

中央高速公路的下行线很拥堵，更何况这里是一条隧道。

案发时，红色轿车在众目睽睽之下。

所有目击证人都表示，没人从那辆车上下来。

被害者惨叫后，一名等得不耐烦的年轻男子走下车，来到了红色轿车附近。

除此之外，红车附近就没有别人了。没人从车上下来。

凶手不在车上——警方只能这么想了。

被害者被活活勒死了，凶手却不在车上。不在车上怎么行？不在车上要怎么杀人啊！

莫非凶手趁着夜色溜走了？不可能，红车分明是锁着的，下了车的人岂能在没人看见的情况下给车上锁呢？

更何况，案发现场是无处可逃的隧道。锁着的车、隧道、堵得水泄不通的中央高速公路——换言之，现场是个三重"密室"。而且很多人都盯着这辆红车看呢。

——密室杀人案！

所以抵达现场的警官们才会手足无措，花了好久才认定，这是一起"杀人案"。

然而——

就算案发现场的情况再复杂，只要凶器不在现场（从残留在被害者颈部的纤维看，凶器应该是电线），那就只能将案件认定为"他杀"了。

被害者的手提包就在后车座上。包里有她的身份证。警方能立刻查出她的身份，这也算是不幸中的万幸了。

"喂！不得了了——"拿起身份证的警官一声大吼，"被害者是特被部的诱饵搜查官！"

2

仰望夜空。

大雨滂沱。

——那天，也下着大雨呢。

志穗心想。

那天，在新宿站西口地下通道——

手持红酒的女人上了中央高速的大巴，变成了行李袋中的尸体。警方不仅没抓到凶手，还眼睁睁地看着另一名女子死于非命。特被部不仅在任务上栽了跟头，更失去了广濑这名大将。部长远藤慎一郎至今行踪不明。从这个角度看，特被部遭到了毁灭性的打击……

一眨眼的工夫，十天过去了。那是充满浑沌的、噩梦般的十天。

案情扑朔迷离，迟迟没有进展。

志穗呆呆地思索着。

远藤音讯全无。

那天下午三点十五分过后，远藤离开了新宿站西口的中央高速巴士总站。只要他的动作够快，就能赶上三点二十三分发车的中央线特快列车下行线。

坐四十分钟，便是八王子。所以远藤应该会在下午四点左右抵达八王子站。

从八王子站北口打车去八王子中央高速巴士总站，可以走阵马街道，要不了二十分钟便能抵达目的地。

三点四十五分从新宿出发的中央高速巴士会在四点二十七分抵达八王子巴士总站……要是远藤的运气够好，就能赶上这趟车。

当然，这只是纸上谈兵。远藤并没有赶上这趟车——不对，警方也不知道他有没有赶上。

反正他没上车就是了。

远藤的确在新宿上了中央线的特快列车，也在八王子站下车了，这一点已经得到了证实。

因为远藤在八王子站给特被部打了个电话。柳濑君江碰巧走开了，但电话答录机录下了远藤的声音。

——我是远藤，刚到八王子站，这就去巴士总站。

远藤好像很着急。他只留下了这一句话。

答录机的记录显示，这通电话是下午四点零五分打来的。

问题是，这通电话打得很做作。

远藤是在八王子站北口的小卖部打的这通电话。

挂电话时，电话会发出充值信号。警方根据录音中的信号，查出了电话的出处。而且磁带还录到了一段音乐。八王子北口的百货商店正好在那天播了这段音乐。如此一来，警方便查出了远藤打电话的地点——北口的小卖部。

出乎意料的是，小卖部的店员还记得远藤。

每天有多少人去小卖部打电话呢？几十个？几百个？天知道。照理说，店员不可能记住那些人的长相。

那店员怎么会记得远藤呢？因为远藤做了一件让人印象深刻的事——他用一张万元大钞买了十张千元面值的电话卡。哪儿有人这么买电话卡的啊。要用公用电话，只买一张卡就够了啊……店员很是不解。所以警方才认为远藤的行为很"做作"。

自不用说，远藤有移动电话。他何必特地用公用电话呢？何必一口气买十张电话卡呢？他之所以做出这种怪事，是不是为了让店员记住自己呢？这才是最合理的解释，不是吗？

追查远藤下落的警官最为关注的是店员的证词：远藤并不是一个人来的。

——我记得不是很清楚了，但……那个客人好像不是一个人来的哎。他走过来之前，好像在跟人说话……

——那个人长什么样啊？

——这……我不是说了吗，我记不太清楚了。好像是个跟他年龄相仿的男人吧，那个人也挺高大的，我还以为他们是朋友呢。

——要是你再见到他，能不能一眼认出他来？

——这……大概不行吧。嗯，肯定不行。我根本记不清啊。

这就是警官与店员的对话。

店员的证词很模糊。换作平时，警方根本不会把这种证词放在心上。

可远藤抵达八王子站后就不知所踪了。事已至此，警方不得放过任何一条线索。

远藤会不会被同行的年轻男人绑架了？还是说，那人用花言巧语欺骗了远藤，让远藤跟他走了？要不是这样，远藤怎么会莫名其妙失踪呢？

不过小卖部的店员表示，远藤的神色并不慌张，并不像被绑架的人。

那……远藤为什么要做出会给店员留下深刻印象的怪事呢？

远藤是想通过店员向搜查本部通风报信不是吗？他的行为，难道不是在暗示胁迫行为的存在？

调查工作就此卡壳。

既然神秘男子在八王子截住了远藤，那岂不是意味着……有人提前知道远藤会出现在八王子吗？

可……这明明是不可能发生的事啊。

远藤在追踪的是上了中央高速巴士的女人。他是为了赶车，特地绕去了八王子站。而且盯梢的警察们都不知道神秘女子会上车。换言之，远藤会去八王子，不过是个巧合。除非那人未卜先知，否则他就不可能知道远藤会跑到八王子站去。

而且远藤为什么会跟普通警官一样，来到搜查第一线，跟踪神秘女子来到八王子站呢?

志穗无数次回忆起远藤说过的话。

"我回头再跟你解释。这件事对我非常重要。我必须查清那个女人的身份……"

远藤到底有什么难处呢?远藤必须在八王子的巴士总站追上神秘女子所在的大巴。分秒必争,没工夫跟志穗解释。

事到如今,志穗便后悔了。早知今日,她就该打破砂锅问到底。

——部长,您不是说回头再跟我解释的吗?您怎么还没回头啊。

志穗真想找个人抱怨一下。

这起案件真是扑朔迷离。

警方仍未查明死在旅行袋中的女子是何方神圣。鉴识课用老方法复原了她生前的照片,但这回照片并没有帮上大忙。眼下,警方并没有关于死者身份的关键线索。薄野珠代的父亲倒是确认了第一位死者的身份。

特被部脱离了"新宿站西口地下通道杀人事件"的搜查本部。

不,这种说法并不确切。部长远藤行踪不明,广濑死于非命,袴田尚在休养……特被部早已溃不成军。

搜查一课六组的井原主任虽然对特被部比较友善,但他认为,特被部已失去了"作战能力"。

然而——

即便如此,志穗仍下意识地来到了新宿站西口地下通道。是她的双脚，将她带去了车站。

她走在地下通道，回忆着那天发生的每一件事。

今天晚上，轮不到她当班。

她没有工作。

雨好大。

可回过神来才发现，她已身在地下通道。

她边走边回忆那个手持红酒，独自站在自动栈道前的神秘女子。

当时，志穗曾如此心想：

——她在等。

志穗仔细思索起来。

那个拿着红酒的女人，到底在等什么呢?

3

晚上十点。

今天晚上，她再次来到新宿站西口的地下通道。

从出站口出发，沿着转盘的左边，走向中央大道。

夜晚十点的新宿，正是最热闹的时候。

路上人潮汹涌，男人们都是一身酒气。他们肆无忌惮地观赏着志穗——用带着醉意的，淫荡眼神。

这时，一个年轻的上班族与志穗擦肩而过。他猛地跨出一步，企图袭胸。酒劲一上来，什么事儿都干得出来。

志穗在东京独居了好几年。这种事儿，她见得多了。要是每次被骚扰都要气上好一阵，那她就没法过日子了。换作平时，志穗只会小郁闷一下，并不会深究。

但今天的志穗比较特殊。她心中充满了郁闷与愤怒。她的怒火，让她变得无比凶暴。

她猛地抓住来人的手指，往反方向一拧。她的每一个动作，都是下意识的。

男子一声惨叫。剧痛难耐，他立刻捂住手指，蹲在地上。

"干吗啊！你个贱人——"

袭胸者的同伴大吼一声。可他一看见志穗的表情，便立刻不吱声了。

志穗的双眼，怒火中烧。

她气的不是卑鄙龌龊的色狼行为。这种人渣，根本入不了她的法眼。她的愤怒，来自某种更漠然的东西。

志穗成为诱饵搜查官之后，有多少个女人死于非命？有多少个女人被残忍地杀害了？她对这个事实怒不可遏。那是一种近乎恸哭的愤怒。

"你倒是说下去啊。你说我是什么？"志穗咬紧牙关，恶狠狠地说道，"想说就说啊。那边就是个警亭，要我陪你去吗？"

"呃，不——"

男子怯生生地低下了头。他赶忙拽起蹲在地上的同伴，飞也似的逃跑了。

志穗迈开步子。

怒火迅速转化成空虚与无力。

就算她教训了一个不知天高地厚的色狼又如何？

色狼背后，还有成千上万个妄想凌辱女性，被兽性所驱使的男人。在这些男人背后，还有一种更为巨大的黑影。它逼迫男人们用贬低女人的方式生存。

志穗能隐约感觉到黑影的存在，但她并不清楚黑影的真身究竟是什么。

她很快忘记了那个色狼。

他不过是个不值一提的蝼蚁之辈。

志穗的脑海，被那个拿着红酒的女人所占据。

她来到了自动栈道的终点。靠近都厅的那一侧。夜已深，栈道已经不动了，它就这么静静地沉在地下通道中。

大雨滂沱，将转盘染成了暗灰色。雨水如瀑布般，滔滔不绝地从地下通道的一侧涌来。

志穗在雨中编织着神秘女子的幻影。

那个女人，曾站在这个地方。

她戴着深色墨镜，穿着亮蓝色的紧身西装，外面套了件白色外套，手里拿着一瓶红酒……

——她在等什么呢？

志穗又琢磨起了这个问题。

那个女人的确在"等"，这一点绝对没错。

照理说，她等的应该是个人。

可她只等了十五分钟就走了，走得如此随意，哪儿有这么等人的啊。

不对，她等的不是人。

——那她在等什么？

不知道。

志穗搞不清的事情不止这一件——活着上车的女人，怎么就成了旅行袋中的尸体呢？

这也太反常了，肯定是哪个环节出了问题。警方究竟误会了什么？又搞错了什么呢？

志穗灵光一闪。

——要是旅行袋里本就装着一具尸体呢？

那个女人戴着深色墨镜，而且志穗离她有点距离，没法看清她的样貌。

也许，旅行袋中的女尸只是和她穿着同样的衣服而已。她们压根就是两个截然不同的人。那个神秘女子，打一开始就在搬运一个装着尸体的旅行袋……

志穗越想越激动。可她的激动，并没有持续太久。

因为这套理论是站不住脚的。

志穗亲眼看见神秘女子轻而易举地抱起旅行袋走上地面。就算她是举重冠军，也无法轻易拎起一个装着女尸的旅行袋吧。

志穗再次陷入失落。

西口地下通道的行人们纷纷投来异样的眼光。他们八成误会了，还以为志穗刚被男友甩掉，正伤心着呢。

站在自动栈道边上发呆也不是回事儿。

志穗意气消沉，一步一步，缓缓走回 JR 的出站口。

广濑的案子也没有任何进展。

搜查本部本指望 ATM 区的探头能帮上大忙。谁知，他们的期待落空了。

银行里的确装了好几个探头，但所有探头都连着同一台录像机。所以录像带中的画面是断断续续的，每隔十秒换一个探头，周而复始。

而且这几个探头的拍摄速度都很慢，每秒只能拍一两帧。而且录像机用的录像带反复用过多次，磁带表面的氧化物几乎被磨光了。

换言之，银行为了省钱，搞了一套徒有虚名的安保系统。谁都没想到，录像机里的磁带也是需要经常更换的。

所以探头录到的画面极不清晰。

画面中的确有两个人影在缠斗，但拍到全身的只有广濑。另一个人只露出了握有电线的手臂。

也就是说，最关键的凶手，并没有站在探头的可视范围内。

搜查本部只能将录像带送往鉴识课进行处理，希望能得出更清晰的画面。然而，现阶段的进展并不理想……

一个临时屋门口放着个一升装的空酒瓶，里头插着一枝花。酒瓶旁边，是耐酸铝做成的烟灰缸。烟灰缸里还留着一些香灰。

应该是某个流浪汉供上的吧，为了祭奠被丢弃在这座临时屋中的薄野珠代。

志穗望着烟灰缸，漠然心想。

——话说回来，那个女人手里的红酒上哪儿去了？

她用手推着旅行袋走的时候，红酒已然不知去向。志穗本以为，她定是把红酒塞进了旅行袋，可旅行袋里只有尸体，并没有别的东西。

——那瓶酒到底上哪儿去了？

红酒事小，可志穗就是想不通。

志穗做梦也没有想到，这瓶酒，正是本案的关键。

不幸的是，志穗的移动电话响了。所以她没能顺着这条线往下想。

"喂——"

电话那头传来断断续续的沙哑女声。

"Saijyou……品酒师……香槟……"

志穗皱起眉头。

"喂？喂喂——"

"Saijyou……品酒师 Saijyou……"

志穗的表情愈发僵硬。

忽然，她听出了电话那头的声音。那是她的同事，早濑水树的声音。可她的声音怎会如此沙哑，如此痛苦……

"喂？你怎么了？水树？你怎么啦啊！"

"Saijyou——"

"什么？ Saijyou 是什么？是人名吗？喂！水树？你怎么了？你在哪儿啊？！"

志穗几乎在喊叫。

不祥的预感在心中翻滚。

可电话，就这么断了。

❄

火灾

志穗立刻拨打了水树的移动电话。

电话没打通。

"您所拨打的电话已关机……"

志穗只能听见无比熟悉的录音。

——水树到底怎么了?

志穗顿时担心起来。

水树家在中野。从新宿出发,走青梅街道的话,要不了多久就能
到。她不知道水树在不在家,但她总得先去水树家瞧瞧吧。

滂沱大雨变成了蒙蒙细雨。照这个架势，怕是很快会停。

志穗打了辆车，赶往中野。

"麻烦您开快点儿！我有急事！"

志穗催了好几回。

她满脑子都想着水树的事。

她们的工作都很忙，没有机会深入了解对方。

但志穗觉得，她很了解水树，而水树也坚信自己很了解志穗。

为什么呢？因为她们都是诱饵搜查官，都是典型的被害者型。同病相怜，自然能体会对方心中的苦楚。

她们俩的外形会给人留下截然不同的印象。

水树看上去娇滴滴的，她本人也会故意往"娇媚小女人"的方向靠。其实她的内心也跟玻璃一样，纤细而易碎。否则，她就不会被远藤相中，成为诱饵搜查官了。

设立特被部的初衷之一，就是在日本奠定"被害者学"的基础。

在特被部成立之前，人们在分析过路杀人狂时总会将重点放在"犯人"身上，很少有人会去注意被害者。

会变成变态罪犯的人都有一定的倾向。同理，会成为变态罪犯的被害者的人，应该也有一定的倾向。

所谓"被害者学"，就是根据犯人的性格、性癖、嗜好、行为模式，分析出哪种人才是其理想中的被害者。

因此，被选为诱饵搜查官的两名女性的心中都有某种脆弱的部分，而这个部分，很容易吸引变态的目光。志穗与水树都有种潜在的受虐者特质，从这个角度看，她们是天生的"被害者"。

远藤慎一郎看出了她们的资质，便将这两位理想的被害者请来了特被部。

志穗与水树从小到大备受男人的纠缠（但她们并不想和那些男人有瓜葛），被男人袭击骚扰的经历更是数不胜数。无论她们身在何处，男人们都能敏感地察觉到她们的存在，用各种卑鄙下流的手段接近她们。

而周围人对她们的遭遇极其冷淡，他们的态度就好像在说——被害者也有责任。

——苍蝇只叮臭肉。

他们总会如此叮嘱她们。

警察、老师，甚至是她们的父亲，都会用这句话教训她们，连眼睛都不眨一下。

这些经历，给两位搜查官留下了巨大的心理创伤。渐渐地，负罪感就在她们心中扎下了根。长此以往，她们就会被凶暴的男性社会驯化。

然而，志穗与水树并不会默默接受这样的宿命。

她们都聪明过人，也有明辨是非的判断力。她们的意志坚定，坚韧不屈，会反抗任何不合情理的事情。

她们的确是典型的被害者型，但年少时的经历也让她们无比憎恶男人们的性暴力。她们都铆足了劲儿，想用全身的力量反抗这种污浊。

她们想通过诱饵搜查官这份工作，净化心中的罪恶感，用自己的力量克服少女时代的心灵创伤。

——诱饵搜查官这份工所虽然辛苦，但它应该能帮助我达成目标吧……

志穗是如此希望的。

然而，江山易改，本性难移。即便如此，志穗和水树依然是理想的被害者。面对逆境时，她们的精神状态很容易失衡。志穗也有过类似的遭遇。

所以，志穗非常担心水树。

而且，志穗一直没察觉到，水树其实很喜欢死去的广濑。

案发当天，水树扑在广濑的遗体上痛哭流涕。这一幕，正是最好的证据。

志穗看在眼里，疼在心里。

柳濑君江与志穗都在担心——水树会不会自杀啊？所以她们平时也在小心观察水树。

可水树毕竟是个成年女性。同事们不可能全天候二十四小时监视她。再者，特被部就快关门大吉了，几乎没什么像样的工作可干。

志穗只能尽可能多联系水树，但她也不能联系得太勤快啊。所以，志穗只能站在远处，等待水树重新站起来。

谁知，水树突然打了个电话过来。

志穗自是心乱如麻。

不过……

——Saijyou、品酒师、香槟，这三个词究竟是什么意思啊？

志穗满腹狐疑。

Saijyou 是个姓氏吗？是"西条"吗？是不是有个叫西条的品酒师啊？那香槟又是什么意思呢？

出租车已然开到了中野。虽说天色已晚，但司机开得着实很快。

但志穗还在催。她不得不催。

"麻烦您再开快点儿！我真的有急事！师傅！拜托了啊——"

2

驶入中野坂上后，从青梅街道拐入山手大道，再开进大久保大道。

大久保大道居然堵上了。

消防车与救护车呼啸而过，其他车辆不得不小心慢行。

警铃响彻云霄。

志穗抬起头一看。

中野那边好亮。

火星漫天飞舞，夜空一片血红。

——火灾！

而且……着火的地方好像就是水树家那边。不对，不是水树家那边，起火点分明是水树住的那栋公寓啊！

志穗脸色大变。

围观群众将人行道与车道围了个水泄不通，警官们不得不站在街上维持交通秩序。

"开不过去了啊，您还是下车自个儿走吧——"

司机停下了车。

志穗撂下一张大钞，连零钱都顾不上拿，便冲下了车。

一路狂奔。

她推开围观群众，来到人群的最前线。

果然，水树住的公寓真的着火了。

而且，起火点貌似是公寓的四楼——水树的房间就在四楼。

窗口吐出滚滚黑烟，红色的火舌不时蹿出公寓。消防员站在云梯上，朝四楼喷水，可火势太过凶猛，实在压不下去。

——怎么会这样？

志穗呆若木鸡。

这时，一位消防队员碰巧路过。志穗便拿出身份证打听了一番。

"我们正准备勘查火场呢。本案有纵火的嫌疑，不过我们也不确定——"

消防员很不耐烦。

"是纵火吗？"

"嗯，这个可能性非常大。"

"火场里有人吗？"

志穗忧心忡忡地问道。

"哦，那倒是没有。就是起火时屋里没别人，我们才怀疑是有人纵火。"

"那……有人受伤吗？"

"也没有。"

"太感谢了，打扰您工作了。"

"没事儿——"

消防员转身离去。

看来水树并不在家，志穗长舒一口气。

然而，她高兴得太早了。

就在这时，志穗的移动电话响了。

志穗还以为是水树打来的，便立刻接通了电话。

可是，打电话来的并不是水树，而是柳濑君江。

柳濑君江的声音是如此慌乱。

她平时很沉稳，这也太反常了。

而且……她居然在哭。她语无伦次，再加上志穗周围都是围观的群众，搞得志穗几乎听不清她在说什么了。

"到底怎么了——"志穗大声问道，"君江姐，你倒是好好跟我说啊，到底出什么事了啊？"

"水树……水树她……"

"水树怎么了？"

"水树被人杀死了！"

君江一声大喊。

这时，四楼阳台轰然倒塌。火星四溅。围观群众惊声尖叫，四散而去。志穗没能听清君江的喊声。唯有她悲痛的语气，在志穗的耳边回响。

不。志穗听见了，一字一句，她都听见了。

水树死了。

——被人杀死了？

——骗人！

远藤失踪了，广濑遇害了，水树也死了？

——怎么可能！我不承认！

围观群众吵得更凶了。

"嗡嗡嗡"，无数只蜜蜂在脑中飞舞。就算志穗捂住另一只耳朵，也听不清电话里的君江在说什么。在如此吵闹的环境下，她根本没法打电话。

"我听不清你在说什么！我找个安静点的地方，你过几分钟再打给我——"

志穗挂了电话，也不知道君江听清楚了没有。

她立刻挣脱了人群。

远离吵闹的火灾现场。

远处，有个小巧的儿童公园。

公园里有攀登架，也有秋千。

就是没人。

火灾的喧嚣还没有波及这个公园。

志穗走了进去。

公园里很昏暗。

虽然有路灯，可灯泡早就爆了。

谁知，志穗挑错了地方。

她才刚跨进公园，就被人袭击了。

3

两名男子从黑暗中蹿了出来。其中一个从背后捂住了志穗的嘴，另一个则对准志穗的心窝来了一拳。一切发生在转瞬之间。这两个人是行家。每个动作，都是那么驾轻就熟。

"唔……"

志穗来不及呼救。她弯下腰来，呼吸也暂停了片刻。这时，男子又按住了她的后脑勺，将她整个打飞了。

志穗头朝前。

撞到了旋转式的攀登架，铁棒与身体激烈碰撞。剧痛，险些让志穗失去意识。但这两个男人岂会轻易放过她。

男人们胡乱揉捏着她的乳房，将她的身体翻了过来。回过神来才发现，她的双手已经被皮手铐拴在了铁棒上。她成了攀登架上的耶稣。

两个男子就站在她眼前。他们俩长得并不像，却有着相似的气场。他们的容貌都不起眼，能迅速融入人群，也会迅速消失在人们的记忆中。

其中一名男子还抓着志穗的胸部。他缓缓地揉着，捏着，仿佛在享受手感一般。

"住手……"志穗无力地反抗，"别乱来……"

"她说什么？"袭胸男子煞有介事地向同伴问道，"她让我住手？"

"不可能，她正享受着呢。她是让你别停下。"

同伴回答道。

"这样啊，你让我别停下啊。"

男子点点头，猛地掐了志穗一下。

"唔……"

志穗呻吟，她都没力气大声呼救了。

"还真是，她很享受哎！"

男子亢奋地睁大眼睛。

"说啊，说你很开心啊，让我们继续捏啊。你很饥渴吧？"

同伴捏住志穗的下巴，将志穗的头转向自己，还一脸奸笑地盯着志穗看。

志穗只得摇头。

他们有着异乎寻常的凶暴。他们是野兽。志穗被他们的凶暴震住了，失去了反抗的气力。碰到这种人，诱饵搜查官的训练都成了儿戏。她会被卸下伪装，变回原原本本的"被害者"。

——都怪你给了他们可乘之机……

心中的小人得意扬扬地喃喃道。

"别光顾着享受了，贱人……"

其中一名男子忽然转动了攀登架。志穗也跟着旋转起来。双腿与地面激烈摩擦，连鞋子都被蹭掉了。志穗只得呆呆地听着攀登架嘎吱作响。

突然，一名男子将攀登架停了下来，他的同伴则将志穗抱了起来，顺便又摸了摸她的胸部。

志穗的脸碰到了男子的胸部。这时，男子的西装领子翻了过来。志穗发现，他的领子上别了个银徽章。为了不让人看见，他特地把徽章别在了衣领内侧。

志穗已是意识蒙眬，但她咬紧牙关，将徽章的设计样式记了下来。

——我就是死了，也不能把这徽章忘了！

"在早濑水树家纵火的就是我们——"

男子捏住志穗的下巴，硬逼着志穗抬起头来。他还吐出舌头，舔了舔志穗的脸颊。那触感，好似爬行动物。

"你要是不相信……我就在你身上放把火吧？"

另一名男子皱起眉头，训斥道："别多嘴。"

"有什么关系嘛，反正都一样。"

男子嗤之以鼻。

另一名男子用手指挠了挠头脸颊，思索片刻后颔首道："也是哦。"说着，他还隔着裤子，挠了挠要害部位。

"怎么样？想舔吗？"他竟如此问道，"要不要让你尝尝它的味道啊？"

"住手吧，求你了，快住手吧……"

志穗啜泣起来。

忽然，志穗明白了刚才那句"反正都一样"的含义，那是何等残酷的含义啊。

"想让我们住手可以，但你得回答我们的问题，"男子的语气突然冷静了下来，"远藤在哪儿？远藤慎一郎在哪儿？"

"远藤部长？"

这个问题，让志穗颇感意外。

这两个凶暴的男人也在找远藤。她本以为，远藤已经死在了他们手上。但事实并非如此。

"没错，就是那个远藤。他在哪儿？"

男子稍稍提高了嗓门。

"我，我不知道……"

"不知道？扯谎都不打草稿吗？"男子龇牙咧嘴，面色狰狞，"罢了，我就原谅你一次。哎哟，多可怜啊，怕成这样——"

另一名男子搭着同伴的肩膀，转向志穗说道：

"我就当我没听见你刚才那句话好了。我再问你一遍。你要是识相，就给我好好回答。远藤在哪儿？"

志穗绝望了。她该怎么办啊？要是她继续回答"我不知道"，怕是要小命不保了。不，无论她能否回答出这个问题，她都死定了。只是……她要是回答不上的话，定会被他们折磨至死。恐怕，志穗会在临死前受尽屈辱。

这怎么行啊……

两个男人凝视着志穗，仿佛在等待志穗开口。

然而，志穗默不作声。她实在没什么好说的。因为她压根就不知道远藤身在何处，甚至不知道他是生是死，她只得嘤嘤哭泣。

"真要命——"

片刻后，男子开口了。他的声音是如此甘甜，好似在撒娇的小猫咪。

他的同伴也点点头，随即缓缓摇头。

"怎么办啊？"

"怎么办啊……"

"我们不擅长对付女人。如果是个男人，还怕他开不了口吗？可女人总是特别费时间。我们太不擅长对付女人了，真要命啊。"

"因为我们太温柔了。我们对女人太温柔了。这才是我们最大的弱点。女人啊，就喜欢粗暴的。越是粗暴，她们就越开心。她们会开心得痛哭流涕呢。"

"是吗？"

"嗯，就是这么回事儿。"

"是我们太温柔了啊。"

"嗯。"

"对付女人，就该用粗的。"

"没错。"

"要不把她扒光吧，上了她，我们俩同时上。"

他的嗓音依然甘甜，可他的喉咙却释放着施虐者特有的气息。

男子一把抓住志穗的衣领，用手指扒开衣服的纽扣。

他们压根不怕志穗大声呼救。他们认定，志穗怕得喊不出来了，无力反抗。

他们真猜对了，志穗的确无所适从。她浑身无力，只能哭着求他们网开一面。

"要我们住手——"另一个男人轻声说道，"就老实交代远藤的去向。"

就在这时，志穗的移动电话响了。

在鸦雀无声的公园里，电话铃声会变得异常刺耳。

有人路过了公园外的人行道。听见电话铃声，他停下脚步，朝公园里望去。

见状，两名男子立刻闪人。他们的每一个动作都如此利索，好似恶魔一般。不一会儿，他们便神不知鬼不觉地融入了黑暗。

公园里，只剩志穗一个了。

——是君江姐打来的，我得去接啊……

志穗如此寻思着。

然而，她的身体并不听使唤。她的动作，如梦游病人般迟缓。她整个人都傻了。她转动手腕，将右手从铁棍上解放出来。再把左手抽出来。光是这一步，就花了她两三分钟。电话铃都不响了。

她步履蹒跚地走出公园。

人行道上站着一个学生模样的年轻人。见到志穗后，他立刻问道："你没事吧？出什么事儿了？！"

志穗只是默默摇头。

她没有搭理那个年轻人，而是朝火场的反方向走去。

——我根本没变。

悲痛的念头，让她心如刀绞。

她虽然成了诱饵搜查官，可她的本质并没有变，她也无法去改变自己的本质。

——到头来，我还是在原地踏步。

她就是个天生的被害者型。她就是男人们的绝佳猎物。当她面对阴险凶残的欲望时，她根本无能为力，只得瑟瑟发抖……这个事实，让她大受打击。

电话又响了。

响个不停。

志穗心想，我得接电话啊……可她依然在黑暗中徘徊，迷惘……

标签

1

当晚，早濑水树的遗体被送至八王子警署。

接到柳濑君江的联络后，志穗立刻赶往警署。可她抵达警署时，验尸官已经开始检查尸体了，所以她没能见到水树。

柳濑君江确认了死者的身份。

明天下午，水树就会被送去做司法解剖……

柳濑君江没精打采地坐在走廊的沙发上，默默等待。

志穗坐在她旁边，轻轻握住她的手。忽然，君江挤出一句话来："特被部到底是怎么了啊……远藤部长，广濑，水树……怎么能这样啊……

为什么特被部会出这么多事啊……难道特被部被诅咒了不成？怎么能这样啊——"

志穗无言以对。

要是特被部真的被诅咒了，那志穗也受了影响。因为她刚被两个凶暴的虐待狂袭击了。

不过——

那两个人在找的是远藤。要是纵火的真是他们，那他们就不可能是杀死水树的凶手。因为，时间不够。

志穗不知道那两个男人和案子有什么关系，但他们至少与远藤的失踪与水树的死无关。

杀死水树的另有其人。品酒师西条？难道在志穗她们意料不到的地方，正发生着某种（会撼动特被部根基的）意想不到的事情？

这件事与薄野珠代和那个手持红酒的女人有什么关系？志穗毫无头绪。

而且，志穗也不想把遇袭的事告诉君江。

志穗并不清楚那两个男人有什么关系。也许，他们压根与案件无关。要是把这件事告诉君江，只能徒增君江的烦恼。志穗可不想忙中添乱，况且——

遇袭时，她不得不屈服于他们的淫威之下。这一事实，勾起了志穗对自己的厌恶。她不得不承认，她就是个与生俱来的被害者。对志穗而言，这是莫大的耻辱。

志穗根本说不出口。光是回忆，都让她苦不堪言。她怎么能把这种事说给君江听呢。

君江也很自责。

她有气无力地说道：

"要是我再看着点水树就好了……水树很喜欢广濑的。广濑死得这么惨，水树心里肯定不好受。我也知道她不好受，就该好好看着她的。志穗啊，我一直没告诉你，其实广濑出事之后，水树一直在暗中调查——"

"暗中调查？"志穗望向君江，"难道她在追查杀死广濑的凶手？"

"嗯，应该是吧，但我也不知道她追查的是什么东西。她只是苦着个脸，什么都不跟我说。我就该阻止她的，可我也知道水树想给广濑报仇雪恨，所以……我实在不好意思劝阻她啊。心上人被人害死了，想报仇雪恨也是人之常情啊。要是我的老公孩子被人害死了，我肯定也会发疯似的找凶手的。我心想，也许查案能让她心里好受点，就让她去了……"

"……"

"唉，我怎么就没阻止她呢。我真是太蠢了，太蠢太蠢了——"

"君江姐，这事儿不怪你，你不用这么自责的。我不也没看好她吗……"

"但我很纳闷……"君江完全没把志穗的话听进去。她凝视着前方，感慨万千地说道，"听说，水树临死前'惨叫'了一声。可我不信。

水树这孩子的脾气我是知道的。就算死到临头，她也不会尖声惨叫的。她是个有骨气的孩子。她会战斗到最后一刻的。水树这么坚强的孩子，怎么会惨叫呢？我不信，打死我也不信……"

还真是……

志穗也起了疑心。

志穗听说，水树的案子非常诡异，堪称"密室杀人案"。但这个世界上不可能有完美的密室杀人案。谜题，总有办法解开的。真相大白之后，谜题就不再是谜题了。

最让人纳闷的是，素来果敢机敏的水树，竟会在临死前发出无力的惨叫。志穗和君江熟知的早濑水树，绝不会做出这种丢人现眼的事。

如果她不是在惨叫，而是在"呼救"，那还说得过去。可目击证人都表示，车里的人是在"惨叫"。为什么水树要惨叫？志穗百思不得其解。

"唉……"君江抱头哀嚎。君江是个善良的好女人。她认定，是她间接害死了水树。负罪感快把她逼疯了。

"君江姐，你认不认识四课的刑警啊？片区警署的暴对（暴力团对策）刑警也成——"

志穗想转移一下君江的注意力。

"认识是认识……你找对付暴力团的刑警干吗？"

君江呆呆地望着志穗问道。

"这张纸上画的——应该是某个暴力团的徽章，我想打听打听这到底是哪个组织的徽章。"

志穗掏出一张便签纸，上面画着刚才袭击志穗的男子所佩戴的徽章。志穗在来警局的路上画了这张图，免得自己忘记。

"我帮你打听一下就是了……"君江一脸讶异地接过便签纸，随即脸色一变，问道，"志穗，你不会也在调查什么危险的事儿吧？要是你有个三长两短，特被部就没人了啊。到时候，我……我肯定会发疯的！"

"别担心，我跟水树不一样，我是个胆小鬼，不会以身犯险的。"

志穗微笑着回答道。"胆小鬼"这个词，是只有志穗才能理解的苦涩自嘲。她受尽了那两个男人的侮辱，却只能无力地求饶。那一幕光景，在脑中一闪而过。

这时，一个男人走出办公室问道："你们是特被部的吧？是被害者的同事吧——"

他是刑警。刑警有种特殊的味道，一闻便知。

"没错。"

君江点头回答。

"不好意思啊，我有个很'那个'的问题要问你们。呃，是验尸官让我问的。我也觉得这个问题很荒唐——"

"……"

"话说……被害者身上有没有刺青啊？肩膀那块……"

"刺青？"君江愣了一下，随即愤然道，"开什么玩笑！早濑水树是特被部的诱饵搜查官啊！你别侮辱人好不好！你把我们特被部当什么了！堂堂正正的调查官，身上怎么会有刺青呢！"

"呃，也是哦，我也跟法医说，她不可能有刺青的。可验尸官非要我来问啊……你别放在心上哈。我并不是想故意说你同事的坏话——"

君江杀气腾腾，把刑警吓得不轻。他只得啰啰唆唆地解释一通，灰溜溜地缩回办公室。

君江怒气未息，骂骂咧咧道："刺青？他脑子搭错了吧！他把水树当什么了！狗眼看人低……"

——刺青？

志穗却想到了另一件事。

话说被抛弃在新宿站西口地下通道的薄野珠代……她的右肩被人用刀具挖掉了一块。

死在中央高速巴士上的"神秘女子"呢？她的肩上有没有伤口啊？那是单纯的伤口，还是刺青？志穗必须尽快把这个问题搞清楚。

2

早濑水树的确是被勒死的，这一点毋庸置疑。

解剖结果也证实了她的死因。

水树是被人勒死的。

问题是，案发现场是条隧道，而且周围堵得水泄不通。凶手要如何在这种环境下作案呢？勒死一个女人并不难。可凶手行凶之后，要如何在众目睽睽之下逃之夭夭呢？

听见车喇叭与惨叫声的目击证人足有十多个。

照理说，这两种声音应该是水树被勒死时发出的。

可是，那声喇叭，真的是水树驾驶的那辆车发出的喇叭声吗？那声惨叫，真的出自水树之口吗？不少警官对这一点产生了疑问。

也许鸣喇叭的是另一辆车，也许惨叫的是另一个女人，是目击证人们听错了。要么就是凶手为了创造不在场证明，争取逃跑时间，提前布置了某种机关。

如此一来，就能破解"杀人犯不在案发现场，女子却一命呜呼"的谜题了。换言之，车中的水树打一开始就是一具尸体。但这种理论依然站不住脚——凶手要如何逃离完全堵死的中央高速公路呢？案发现场可是一条隧道啊！

不过这么一想，警方就不用费心思解释"行凶后如轻烟般销声匿迹"这一极端的超常现象了。

那天晚上，中央高速公路的下行车道一直堵着。过路人发现水树的尸体前，整条车道完全堵死了，整整五分钟没有一辆车动过。

只要有个五分钟，就有办法在不被人看见的情况下逃离隧道吧。只是警方还不知道凶手用的是什么方法罢了。

遗憾的是，这套理论被两个事实推翻了。

事实之一：如果车上的水树早就死了，那么她的遗体本该放在后车座上。

那么，后车座上应该会留下头发、阴毛、体液等痕迹。就算凶手用毛毯裹住了遗体，毛毯的纤维也会留在车上。凶手不可能在完全不留痕迹的情况下，用车辆搬运尸体。

然而，鉴识课员把车查了个底朝天，却没能在后车座上发现任何遗留物品。

事实之二便是水树给志穗打的电话。这一事实，正是推翻上述推理的决定性证据。

从水树打电话的时间看，那通电话应该是轿车开进隧道前不久打的。电话之所以打到一半就断了，也是因为隧道里没有信号。

换言之，水树在进入小佛隧道前还活着。她活着进了隧道，却在堵车时香消玉殒。而行凶者在众目睽睽之下，如轻烟一般，溜出了隧道……

案情是何等扑朔迷离。仔细想来，这一系列的案件，都充满了超乎常识的要素。

水树遇害是的情况自不用说，"拿着红酒的神秘女子"也是莫名其妙遇害的。

神秘女子在新宿坐上了中央高速巴士，而巴士抵达终点站甲府时，她就成了行李袋中的一具尸体……还有比这更荒唐的案子吗？

费解的案子接二连三。这个世界到底是怎么了？难道是社会的深层部位出了问题？警官们一头雾水，毫无头绪。

"这案子真是太莫名其妙了，没有一点是说得通的。我最受不了这种案子了——"

难怪搜查一课六组的井原主任会如此哀叹。

不过截至目前，"新宿站西口地下通道杀人事件"的搜查本部只负责薄野珠代的凶案。

新宿警署成立了另一个搜查本部，由本厅的搜查一课三组牵头，专门负责调查广濑警官的案子。

两个搜查本部位于同一个警署。警方若是在调查过程中发现两起案件有明确的联系，两个搜查本部就很有可能合二为一。

死在中央高速巴士的神秘女子则交给了山梨县警。水树的案子由本厅搜查一课的二组负责，搜查本部设在了八王子警署。

不少警官认为，这四起杀人案有着千丝万缕的联系，但他们并没有证据去证明案件之间的关联。

验尸官检查了早濑水树的尸体。结果显示，勒死早濑水树的人，极有可能是个左撇子。

左撇子——莫非这四起案件是由同一个左撇子犯下的？然而，"左撇子"这个共同点还不够有说服力。

四起杀人案件的关联还隐藏在重重迷雾之中，没有一位警官能看清案件的全貌。

如果警方认定这四起案件的确有关，那么这一系列案件就会被认定为"广域重要准指定〇号事件"，由警视厅与山梨县警共同调查。

不过这都是后话了。目前，每个搜查本部都在独自展开调查。

正因为如此，每件案子的进展都不尽如人意。

这不，警方仍未查清"神秘女子"的身份……

3

十月二十二日，星期一——

上午八点，片区警署与消防署对水树的房间进行了现场勘查。

好在消防队及时控制住了火势，所以大火并没有蔓延到左邻右舍。可水树的房间近乎焦土，只剩水泥墙壁了。家具几乎不成原形。

消防署认为，这极有可能是一起纵火案。

纵火案能大致分成三种情况：要么是与被害者有个人关系的人干的，要么是熟悉起火点周边地形的人干的，要么就是没有明确目标的人随手干的。当务之急，便是明确纵火的类型。

所以，今天的现场勘查至关重要。

负责现场勘查的是中野警署。

但"新宿站西口地下通道杀人事件"搜查本部派出了井原主任，而负责侦办水树一案的一课二组也派出了一名警部补来现场做个见证。

水树的死与这起纵火案有何关联？水树与"新宿站西口地下通道

杀人事件"又有什么关系？案件涉及的范围太广，难免会牵涉到方方面面的警官。

在今天的现场勘查中，六组的井原与二组的警部补都是"旁观者"。

各人自扫门前雪是警察组织的一贯作风。然而，这种方针已无法应对愈发复杂、愈发多样化的广域型犯罪了。

很多人都指出了这个问题，但警方迟迟没有采取行动。

第一线的警官们都被自上而下的官僚系统束缚住了。为了建功立业，他们必须争个头破血流，自然无法摆脱根深蒂固的地盘意识。

碰上超出自身职权的案子，在职的警部补也得谨小慎微，生怕做出超出职权的事儿来。

特被部的北见志穗并没有得到警界的广泛认同。她能来到案发现场，本就是个例外。

要不是井原主任好意相邀，志穗根本进不来。他自然是一片好心，只是……

"你给我老实点儿。别给我惹是生非。少说废话，少乱动东西——"

井原总免不了多叮嘱两句。

志穗默默点头。

井原很同情志穗。不对，应该说他很同情"特被部"。

也是。

部长远藤慎一郎失踪了，广濑与水树接连遇害，特被部已是一盘散沙。

诱饵搜查官们好容易做出了些业绩，谁知天有不测风云。警察厅与检察厅本就对诱饵搜查的合法性持怀疑态度，这下可好，他们定会抓紧机会，将特被部整个砍掉。特被部已是风中残烛。

志穗能切身感觉到井原的同情，也很感激井原破例请她来参加现场勘查。

可志穗心有不甘。井原的言行都在暗示"特被部已经完蛋了"，志穗如何咽得下这口气啊，所以她不愿老老实实地向井原道谢。

不过井原并不在乎特被部关不关门，他可顾不了那么多。

两名女性接连遇害，特被部也遭到重创，四起案件是否有关？还是说，案件只是碰巧凑到一块儿去了？警官们对此各执一词。

总而言之，四起案件的共同点是"凶手是个左撇子"。但光凭这一点认定四起案件有关，未免太武断了些，而且警方也没有足够的"动机"将四起案件联系起来。

在水树遇害之前，大多数警官认为：

薄野珠代与"神秘女子"死在了一个变态杀人狂手里。广濑在地下通道监视"神秘女子"时碰巧撞见了杀人犯，于是就被灭了口……

可水树一死，警官们便没了方向。因为这套理论无法解释水树遇害的原因。

四起杀人案分别由四个搜查本部调查，所以警官们都没能看清案件的全貌。

井原头痛不已。他虽然同情特被部，但也只能稍微敷衍一下，帮不了太多忙。

　　总而言之——

　　得先进行现场勘查。

　　志穗与井原他们只得站在一旁看着。除非特殊情况，否则警察是不能对辖区外的案子指手画脚的。

　　公寓周边的勘查工作已经结束了。

　　警官们按顺时针方向调查了现场周边的地形与路况，测算了周边房屋的密集程度，以推测纵火犯入侵、逃跑的路线，寻找纵火犯可能留下的蛛丝马迹。

　　接着，便是对起火点的勘查了。

　　在勘查现场时，最好先推测出纵火犯的入侵路线，如法炮制。这是现场勘查的第一守则。

　　这回，纵火犯是从大门进屋的。

　　水树家的门把手上留有许多刮痕。换言之，纵火犯用工具把门撬开了。

　　警官们从大门进屋，仔细检查了洗脸台、厨房、厕所等可能留下线索的地方。

　　纵火犯常会将用于作案的物品丢在厕所。

　　洗脸台的镜子也是警方调查的重点。因为犯人离开之前，多会照照镜子，确认自己的仪态，所以洗脸台上常会留下犯人的指纹。

　　然而，房间起火时，洗脸台和厕所的门都是敞开着的。所有东西都被烧光了，根本无法采集指纹与脚印。

如果门是纵火犯故意打开的，那就意味着这名犯人非常冷静，是个"行家"。

"这是内行人干的吧，一点儿痕迹都没留下——"

一位鉴识课员喃喃道。大火把线索烧得一干二净，只有行家才能干得如此干净利落。

纵火犯使用的引火材料是汽油。最要命的是，他在泼汽油前做过精密的计算，每个地方的油量都差不多。如此一来，大火就不会放过房间的任何一个角落。

由此可见，这起纵火案绝不是"一时冲动"的产物。纵火犯有明确的目的，那就是——不留一丝痕迹。

可……水树屋里能有什么必须放火烧掉的东西啊？

在进行现场勘查的过程中，警官们愈发焦躁。

"纵火的是个行家，绝对是个行家……"

鉴识课员又恶狠狠地重复了好几遍。他的语气中，甚至有那么一丝敬佩。

行家……

志穗不禁想起了那两个袭击她的男人。

那两个人有种特殊的气场。一看就知道他们是与暴力为伍的人。对他们而言，杀人放火，精密计算不过家常便饭。再残暴的事，他们都能面不改色心不跳地完成。他们天生就没有对暴力的讳忌感。

——要不要把那两个男人的事告诉井原呢?

志穗也有过这种念头。

可志穗也不确定他们俩是不是真正的纵火犯。要是他们只是信口胡诌了一通呢?要是他们只是想吓唬吓唬志穗呢?

想到这儿,志穗就改了主意。还是不要轻易扰乱警官们的步调为好。但志穗很清楚……

——我在自欺欺人。

"不打乱警官们的步调"不过是个口实罢了,她只是不想让他人知道那两个男人的存在罢了。她只是不想让他人知道,那时,她是何等无力,何等怯懦。

被两个施虐狂折磨的屈辱,在她脑中挥之不去。

她无法原谅自己。

因为受辱时,她的心底竟有那么一丝丝的快感。

她不愿承认这个事实。

可事实,就是事实。

志穗之所以报考诱饵搜查官,也是为了通过这份工作矫正自己与生俱来的资质——被害者资质。

从小到大,她总是男人们凌辱欺负的目标。男人们甚至会用对待娼妇的态度对待她……她不甘心当一辈子的弱者。

可她终究是个"天生的被害者"——她不想承认这个事实,她受不了。

她还不想让搜查本部知道那两个男人的存在。

就算志穗不说，其他人迟早也会查到。

志穗必须在那之前跟他们做个了断。做个了断——这词儿听起来杀气腾腾，颇有些黑帮混混的感觉。志穗也不喜欢这个说法。但她找不到更合适的说法了。说得再好听，终究是"做个了断"不是吗。

身为一个女人，不，身为一个人，志穗必须先跟他们做个了断，否则就无法重新站起来。

——我要单枪匹马跟他们战斗。在分出胜负之前，我绝不能将他们拱手让给井原警官他们。他们是我的敌人……

警官们仍在忙碌。

可大伙儿都在白忙活。

火场中没有任何与纵火犯有关的遗留物品。

警官们烦躁不已。

烧得稀巴烂的架子上放着书本和录像带——其实书和录像带也未能幸免，几乎不成原形。

警官们对这些东西全无兴趣。他们在找的是"纵火犯的遗留物品"，而不是被害者的纪念品。

好在架子上还有一盘状态比较好的录像带。

志穗想留个纪念。

就把录像带装进塑料袋放好了。起身时，她忽然瞥见烧焦了的地毯上有一小张被大火舔舐过的纸。

志穗下意识地把它捡起来看了看。

这张纸……貌似是红酒瓶上的标签。

志穗将纸片叠好，装进塑料袋，放进了手提包。

她做梦也没有想到，这张纸片，正是本案的关键证据！

❄

贴着特殊商标的红酒

1

正午过后，现场勘查工作告了一个段落。

片区警官们个个愁眉苦脸。一看便知，他们没有发现什么有价值的线索。

井原与志穗一同离开了水树的公寓。

他们并肩走向中野站。

时值晚秋。僵硬的秋日阳光，斜着射入商店街。

"可怜了早濑水树这个好姑娘——"

井原幽幽道。

井原不善交际，能挤出这句话实属不易。

"是啊……"

志穗点点头。

随即询问，薄野珠代的案子有进展了吗？

井原沉默片刻，答道：

"几乎没有啊。我们查了她的交友关系，但没有发现有作案嫌疑的人。我们本以为她长那么漂亮，肯定会处处留情，谁知她平时只是逢场作戏，没有固定的男朋友——"

井原说得很不爽快。

也难怪。井原认定，特被部的解散只是个时间问题。在他眼中，志穗已成局外人。警察不能随随便便将调查信息泄露给局外人。这个"度"，并不好把握。

志穗很是伤感，但她也理解井原的难处。他是负责查案的搜查主任，在与他人讨论案情时，自然要小心翼翼地斟酌词句。

"不过……这两三个月里，薄野珠代常往自己的银行账户里存钱，而且存的金额很大，每次都是一两百万。我们查了半天，却没查出这些钱是从哪儿来的。我觉得啊，这些钱肯定有问题。一个礼仪小姐，哪儿能赚这么多啊。"

"薄野珠代不是在人才派遣公司登记了吗？是不是公司发给她的工资啊？"

"不是。薄野珠代最近没接过'佐伯人才派遣公司'的活儿。我们本以为她找了个有钱的靠山，可她并没有傍上大款。我们还想，她也许是出去卖淫赚零花钱了，可就是卖身，也卖不了这么多啊……"

"话说死在中央高速巴士上的那个女人——"志穗换了个话题，"山梨县那边有没有查出她的身份啊？"

"没有啊。"井原皱起眉头。

"那你们会跟山梨县那边交换搜查资料吗？"

"会啊，我们一有进展就会通报那边。等时机成熟，我们就会和山梨县警召开联合搜查会议。一直分头查也不是回事儿啊。毕竟……薄野珠代与'拿着红酒的神秘女子'很有可能是被同一个人杀死的。"

"山梨县警有没有提起过那个神秘女子肩膀上有个伤口啊？"

"没有啊，伤口怎么了？"

"薄野珠代右肩上不是有一条伤痕吗？像是被人用刀具挖掉了一块肉。我一直很好奇那道伤口到底是怎么回事。"

"薄野珠代的脖子是被日本刀之类的东西砍伤的。也许是刀刃不小心滑到了她的肩膀呢。你研究这道伤口干什么啊。"

"可……那道伤口并没有活体反应啊。也就是说，凶手在薄野珠代死后特地留下了那道伤口。那伤口绝不是偶然留下的。凶手在作案之后，特地削掉了死者右肩的一块肉。"

井原的脸色愈发难看了。

这不仅仅是因为志穗戳到了他的痛处。更因为，志穗是个局外人。

井原凝视着前方，故意不看志穗。

他绷着脸，反问道："你纠结这些干什么？"

"八王子警署的验尸官检查水树的遗体时，特地差刑警来问我们，她身上有没有刺青。验尸官之所以产生这个疑问，肯定是因为她身上留下了疑似刺青的东西。所以我就猜，兴许薄野珠代的右肩上也有过一个疑似刺青的东西，所以凶手要把那块肉挖掉。如果真是这样，那么'神秘女子'身上应该也有类似的伤痕才对。要不是这样，给水树做检查的验尸官何必——"

"够了，别说了！"

井原忽然停下脚步，转向志穗，一声大吼。他的表情也愈发凶狠了。

"你有完没完啊。你有什么权力插手这几桩案子啊！要不了多久，特被部就会关门大吉。到时候，你就不是准公务员，也不是司法巡查了。你会变成一介平民。平民百姓，没有插手调查的权力！"

志穗愣住了。

井原在警界跌打滚爬多年。听说他是个极其敬业的警官。为了查案，他不惜牺牲自己的私生活。

所以人们常会误会他"没有人情味"。但他也是个有血有肉的人，总想着把一碗水端平。

照理说，井原是不会这么骂志穗的。

其实井原并没有在"骂"她，是志穗误会他了。井原是在担心志穗的人身安全。

井原一脸郁闷地说道："你就听我一句劝吧，我也是为了你好。你还是忘了这些案子为好。人世间有很多无可奈何的事情。我好歹是个警察，好歹有个'警察权'。可你变回平民老百姓之后就什么权力都没有了啊。一不小心，你就会步早濑水树的后尘。你会被那些坏人踩死的。你啊，还是别纠结这些案子了，找份新工作，好好过你的日子吧。真的，我说这些也是为你好——"

井原的口气越来越悲凉了。

"井原警官……"

你是不是知道什么内情啊？——志穗本想追问，可井原猛地摇起了头，打断了志穗的思绪。

"对了——"他把头一扭，背对着志穗说道，"你还是把我刚才说过的那些话忘了吧。这样对你我都好。"

志穗没有追问井原的言外之意。

她也来不及问了——因为井原已快步走向了车站。不，是"逃"去了车站。

在冰凉的秋日阳光下，他的背影显得如此孤独，如此固执。

2

中野站附近有一家法式餐厅。

这家餐厅的名气很响，是日本最先开出的几家法式餐厅之一。它的总店位于银座，也算是老字号了。

志穗灵光一闪，决定进这家餐厅瞧瞧。

当然，志穗不是来吃饭的。光吃一个午市套餐，志穗年收入的二十分之一就得见阎王。她可享受不起。

好在午餐时间已过，店里没什么人。

志穗出示了身份证，告诉服务生：我想见见你们这儿的品酒师。

品酒师五十岁上下，微胖，看起来很是开朗。一双圆滚滚的眼睛与小胡子也分外可爱。

他的名片上写着"饭田"二字。

"呵，您是刑警啊。女刑警啊——"

饭田的脾气不错，见志穗是很稀罕的"女刑警"，便立刻来了劲儿。

其实志穗并不是"刑警"，只是个普通的巡查罢了。但她并没有订正。人家正高兴着呢，何必泼冷水呢。

"百忙之中打扰了，是这样的，我有些事想咨询您一下——"志穗低头问道，"不知您认不认识一个叫 Saijyou 的品酒师啊？"

"Saijyou？"饭田皱起眉头，一脸迷茫，"不认识哎……难道他跟我有什么关系不成？"

"不不，我只是碰巧路过这家店，就想进来打听一下……因为我对品酒师这份职业一无所知……所以想请您给我指点迷津来着。"

"啊，原来是这么回事啊。"

饭田听明白了。

"占用了您的宝贵时间，真是不好意思……"

志穗连连道歉。

"没事儿没事儿——请问那个 Saijyou 是什么类型的品酒师啊？"

"什么类型……是什么意思啊？"

"就是……他是普通的品酒师，高级品酒师，还是特级品酒师……"

"这……我也不清楚哎……"

志穗简直听晕了。

她还以为品酒师就是在客人吃饭时倒酒的人呢，没想到品酒师居然能分成这么多种。

"您不知道这几种分类啊？"

"不好意思，我比较孤陋寡闻……"

"所谓高级品酒师，就是有三年工作经验的品酒师。而特级品酒师，指的是高级品酒师中得到委员会认可的人。嗨，你说的 Saijyou 应该不是特级品酒师。因为我知道所有特级品酒师的名字。"

"不好意思，我真不知道他是哪个类型的品酒师。我不请自来还问了这种不着边际的问题，真是对不起……那就这样吧，不好意思打扰了——"

见志穗要溜，饭田赶忙举起手来说道：

"哎，你别这么快放弃啊。打个电话去红酒协会或日本品酒师协会说不定就能打听到呢。我这就帮你问问。"

"啊，那正是太好了，麻烦了——"

"嗨，举手之劳。"饭田是个热心肠。他微笑着拽来一把椅子，示意志穗坐下，又吩咐服务生道，"请给这位小姐来一杯冷饮。"

"啊，不用了——"志穗顿时慌了神，"您千万别客气……"

"没关系啦。"

饭田示意志穗别介意，撂下一句"我去去就回"便走去了收银台。

服务生端了一杯酒过来。

那是玫瑰葡萄酒，清透的玫瑰色真是太养眼了。

志穗受宠若惊，自然不敢随随便便碰那杯酒。

"久等啦。"

饭田不一会儿就回来了。

他用手指捋着胡子，说道："不好意思啊，两个协会都没有叫Saijyou 的品酒师呢。"

"这样啊——"

志穗略感失望，但她本就没抱太大希望。水树留下了一句神秘的遗言："Saijyou……品酒师……"而她一时兴起，冲进了这家陌生的餐厅，还以为这里的品酒师能给她一个现成的答案。查案哪儿有这么简单啊。

"不过……您要找的品酒师也许不是在日本考的证。在法国，只要修够学分，或是参加考试，就能得到国家级品酒师的资格证。但日本没有这样的国家级考试。两边的考核标准都不一样。说不定啊，人家是在法国考的，所以不属于日本的品酒师协会。就算去协会问，怕是也问不出来呢，"饭田瞥了酒杯一眼，"怎么啦？为什么不喝呀？

难道您不喜欢喝红酒？"

"不不，我很喜欢喝的。"

"那就喝吧，别客气。你这样年轻漂亮的姑娘就不能客气。"

"那我就恭敬不如从命了。"

志穗点点头。眼看着她的手就要碰到酒杯了，可她忽然心生一念。

"既然来了，那就让我再问一个问题吧……"

"问吧。"

饭田的态度依旧热情。

"您看看这个——"

志穗从包里掏出水树房间里发现的红酒标签。她将标签连着塑料袋递给了饭田。

"这张纸应该是红酒的标签，可我对红酒一无所知，也不知道红酒都有些什么牌子。不知道您能不能看出来这是哪种红酒的标签啊？"

"我瞧瞧……"

饭田掏出装在胸前口袋里的眼镜，细细观察起标签来。片刻后，他歪起脑袋回答道：

"从标签看……这应该是 AOC……不过……"

"AOC？"

"Appellation d'Origine Controlee——"饭田用略带鼻音的法语说道，"这是法国红酒中最高级的一种。而且这瓶酒应该有些年份了。只是……且不管这张标签的设计风格，你先看这张纸的纸质，还有墨水的感觉，是不是很有时代感呢？可一九七五年的酒……明明是我刚入行时生产的啊。照理说我应该能看出它是那种酒才对……哎呀，都怪我才疏学浅……"

"连您都看不出来啊……"

"是啊，真是太遗憾了——"

饭田将塑料袋还给了志穗。

"这样啊……"

志穗的希望又落了空。但是饭田是无辜的，而且志穗还得感谢饭田的鼎力相助呢。

"不好意思给您添麻烦了，感谢您提供的宝贵线索——"

"酒。"

"啊？"

"您还没喝酒呢。喝了吧。"

"好，我这就喝。"

志穗将红酒一口饮尽。清爽的酸味来得正是时候——志穗正渴着呢。真好喝。

"怎么样？"

饭田微笑着问道。

"太好喝了！"

"那就好。"

"感谢您的款待。"

志穗再次道谢。

饭田一路将志穗送到餐厅门口，还腼腆地说道："我们这儿每周五晚上九点都会办品酒会，就是几个喜欢喝酒的人聚在一起喝点小酒什么的。如果您有空，不如来坐坐呗？晚会的气氛很轻松的。要是有您这样的美人大驾光临，大伙儿一定会兴致百倍的啦——"

盛情难却，志穗便答应了。

3

傍晚时分。天还没完全黑，志穗就到家了。

曾几何时，她也有过好连着几天不回家的日子。可最近特被部都没什么正儿八经的工作可干，每天的任务就是整理资料。

电话答录机里有袴田的留言。

袴田倒也没什么要紧事，就说了句"我回头再打给你"。袴田孤身一人，平时也没人去医院探望他。也许，他是寂寞了吧。

志穗随便找了点东西吃，便给医院里的袴田回了电。

"袴田大哥，你要住到什么时候啊？你也该出院了吧？"

"护士不肯放我走啊。怎么说呢，我有那种……年轻人没有的沉稳吧。"

"沉稳啥啊，你就是个大懒汉！"

"我急急忙忙出院干啥啊，听说特被部就快被解散了。远藤部长都不在了，特被部肯定开不下去啊，我八成会被踢到别家警署的风纪组吧。我只要太太平平混到退休就行了。等退休了之后，我就每天喝酒等死好了。"

"你离退休还早着呢。"

"早什么啊，一眨眼就到了。"

"对了——"志穗的声音有些沙哑，"水树的葬礼……你打算怎么办啊？貌似要在横须贺的老家办呢……"

"不好意思，葬礼我就不去了。"

"你怎么这样啊！广濑的葬礼你也没去哎！"

"我还没出院呢，身体也不好……"

"骗人！"

袴田不吭声了。

其实志穗很理解袴田为什么不想参加葬礼。他不是冷漠，而是不想白发人送黑发人。

即便如此，志穗还是义愤填膺。她觉得袴田是在逃避现实，自欺欺人。这种做法也太卑鄙了吧。

片刻后，袴田清了清嗓子，问道："案子那边有线索了没？"

"没有，"志穗还在气头上，没好气地回答道，"能找到线索就怪了。"

志穗对袴田的别扭人生观怨声载道。她真想教训他一句："你都一把年纪了，还闹什么别扭啊！"袴田的年纪都够当志穗的父亲了，可志穗的母性竟给袴田这个老顽童激发了出来。

后来，志穗便把水树家的情况告诉了袴田。她说，她捡到了一张红酒瓶上的标签，也请专家看了看，但专家也没瞧出那是什么酒的标签。

袴田思索片刻，冷不丁地问道："你能不能把那张标签送到医院来啊？"

"啊？送去干吗？"

"呃，我有点路子……你给我送来就是了。"

"行啊。"

志穗答应了。

袴田到底想到什么了？志穗并不指望袴田能查出什么重要线索。反正他闲着无聊，就用这标签给他解解闷好了。

"你到底什么时候出院啊？"

"快了快了。"

"你再这么偷懒，当心身体生锈哦。到时候你就是手无缚鸡之力的老头子了。"

袴田笑着挂了电话。

不知为何，那笑声听起来特别空洞无力。

——我听说特被部就快被解散了。远藤部长都不在了，特被部肯定开不下去啊……

袴田的话，在志穗耳边回响。

志穗发了会儿呆。特被部被解散之后，我该怎么办啊……

要是她提出申请，兴许能转为普通的女警。可特被部是她留在警界的唯一原因。特被部没了，她还不如改行。事到如今，她也不想当个普通的白领。万幸的是，她和大学老师的联系还没断。要不回到母校的研究生院，继续学习心理学吧。总而言之，特被部要是真的被解散了，她肯定会先回老家一趟，仔细思考人生的下一步……

回过神来才发现，窗外已是漆黑一片。

都九点了。

志穗一时兴起，拿出了那盘从水树家带回来的录像带，插进录像机中。

录像带的标签上写着日期。

十月十四日。这不是上个星期的录像带吗?

志穗坐在电视机前，按下播放键。

这毕竟是火场里抢救出来的录像带，画质相当差。

起初，电视屏幕上只有一片雪花。

志穗耐着性子看了一会儿。等着等着，总算等到了像样的画面。

事后，志穗打心底里感叹，要是录像全被擦掉了就好了，她并不想看到这样的东西……

画面中出现了一个陌生的房间。

屋里点着红色的照明灯。

早濑水树正趴在地上。

一丝不挂。

不，比一丝不挂更糟糕。她戴着项圈，穿着高跟鞋，嘴里塞着皮制的堵口器。

……

而水树不时回过头来，看着镜头。她的双目失去了焦点，陶醉于受虐的兴奋中。

……

拍录像的人好像说了一句话。他的声音太低沉了，所以志穗听不清楚。

水树摇了摇头。但她并不是真的不愿意。她的眼神愈发淫乱了。她的头缓缓贴在地上。后背微微拱起。臀部也抬得更高了。她的臀部紧致而小巧，堪比健美的短跑运动员。

画面中的水树，并不是志穗认识的那个活泼开朗的水树。那是志穗做梦也无法想象出的淫乱模样。那是一个受虐狂，一个完全屈服于欲望的受虐狂……

志穗简直不敢相信自己的眼睛。

然而，事实胜于雄辩。这就是她真正的模样——就算她不愿承认，事实也不容否认。

志穗是"天生的被害者"，水树也不例外。无论她们身在何处，在做些什么，男人们都会被吸引过去。她们总是男人的绝佳猎物。否则，她们就不会成为特被部的诱饵搜查官了。

广濑遇害后，水树一直在独自追查真凶。一心想着为心上人报仇的水树，怎会在摄影机面前展露出如此痴态？她怎会甘愿献出自己的肉体，以满足男人的丑陋欲望？

志穗泪如泉涌。

泪水，不仅仅是因为同情。水树，就是志穗。水树会堕落，而志穗也会堕落。志穗预感到了绝望的命运，只得为自己的命运痛哭流涕。

十月二十四日，星期三。

清晨——

神奈川县津久井郡的相模湖上，出现了一具浮尸。

尸体几乎不成原样。只剩肩部、头部与左臂了。

死者已去世两周有余，尸体腐败得极其严重，皮肤都被泡涨了。照理说，警方很难确认这类死者的身份。

万幸的是，死者左肩部还挂着一片西装。而西装上，缝着主人的名字。

上面写着"远藤慎一郎"……

❄

美食俱乐部

1

上午九点，东京地检刑事部致电特被部。

"本部事件组"的那矢检察官想找北见志穗谈谈。

那矢检察官极其反对特被部的诱饵搜查。他虽然是个尽忠职守的人，但一个人越是尽忠职守，就越是固执。所以特被部就是他的眼中钉，肉中刺。

接到那矢检察官之后，志穗看着柳濑君江，无力地笑道："唉……特被部真的要被解散了……"

经验告诉她：东京地检请她去喝茶，准没好事儿。

但……小仓检察官也是东京地检的人。

他是刚结束司法实习的新人，才被调去地检没多久。他曾暗中帮过志穗的忙。志穗看出小仓检察官对她颇有好感（这绝不是志穗自作多情），而志穗心中也有相似的情愫。

无奈的是，小仓的上司，是打死都不愿认可特搜部的那矢检察官。他们都不敢明目张胆地给对方打电话，简直是当代的罗密欧与朱丽叶。

虽然去东京地检是桩麻烦事，但志穗一想到"马上就能见到小仓了"，心里还是挺高兴的。

然而……

能在东京地检见到的人，不仅仅是小仓检察官。

志穗来到刑事部，提出要见那矢检察官。检察事务官将她带去了会客室。谁知，会客室里还有个意料之外的人。

与那矢检察官一起迎接志穗的竟是——

特搜部的佐原检察官。

佐原检察官四十上下，长得很不起眼。光看外表，肯定猜不出他是东京地检特搜部的王牌。

众所周知，东京地检特搜部是拥有独立搜查权的特殊部门，他们专门调查政界的贪污案等高智能案件，是检察厅的明星部门。

志穗在机缘巧合下认识了佐原检察官。要不是那起案件，志穗一介诱饵搜查官怕是连佐原检察官的面都见不上。

不过……见到佐原检察官并不是一件值得高兴的事情。佐原的脾气不怎么好，而且他对特被部的偏见能和那矢检察官平分秋色。

佐原检察官怕是也不愿意见到志穗。

"好久不见了。"

志穗打了声招呼。可他只是盯着志穗看了一眼，冷冷地回答道："哦——"

之后，他便把头一扭，不再搭理志穗。他跟那矢检察官道别后，便扬长而去了。

在他眼里，志穗就是个不起眼的小虫子。

志穗受了奇耻大辱，气得紧咬下唇。

这时，志穗背后的门开了。

小仓检察官走进屋里。

他向志穗点头致意。

志穗也点了点头。

心跳加速。

小仓检察官算不上美男子。不过他有一双浓眉，显得非常阳刚，这也是最让志穗心动的一点。

"拿来了吗？"

那矢检察官问道。小仓回答道："拿来了。"

那矢检察官听到这话，便转向志穗说道："麻烦你特地跑这一趟真是不好意思。是这样的，我有个东西想让你看一看。"

那矢检察官跟佐原检察官一样，都对特被部持有一定的偏见。但他不会明着鄙视志穗。

"本部事件组"的检察官与特被部合作过多次，知道特被部对破案做出了不少贡献。所以他还比较认可诱饵搜查官的价值。

"有个东西想让我看？"

志穗皱起眉头。

"没错——"

那矢检察官点点头，又对小仓使了个眼色。

小仓颔首，从口袋里掏出一个用手帕包着的东西。随后，他跨出一步，打开手帕，将那个东西交给志穗。

志穗脸色一变。

那正是袭击志穗的男人佩戴的徽章。那颜色，那样式……志穗怎会忘记。

志穗下意识地望向小仓。

她是想让小仓解释解释，无奈开口的竟是那矢检察官。

"听说特被部的柳濑君江在跟老同事打听这个徽章。她说，她的'同事'想知道这个会长是哪个暴力团的……其实她误会了。"

"误会了？这不是暴力团的徽章吗？"

"不是——"那矢检察官摇头道，"她误会了。那是'美食俱乐部'的会员徽章。"

"美食俱乐部？……"

"你没听说过吗？"

"没有啊……"

"也难怪。毕竟它不是个特别高调的俱乐部。也许它也不想让世人知道它的存在吧。除了会员，很少有人见过这个徽章——"那矢检察官探出身子，"我倒想问问，你是怎么知道这个徽章的？"

2

志穗被逼上梁山了。

她怎能当着小仓的面交代被那两个恶棍羞辱的始末啊。

滚烫的羞耻感掠过心头。志穗想起了被男人们袭胸的自己，也想起了录像带中的水树。天生的被害者——她怎么能把这种事告诉小仓呢。

那两个男人，在志穗的脑海中哄笑。

太可恶了，太可恨了，志穗恨透了他们。

志穗只交代了无关痛痒的情节。

志穗赶到水树家时，火势已经很大了。

后来，那两个男人就袭击了志穗，威胁志穗招出远藤的所在。其中一个人的衣领上，别着一个陌生的徽章……

志穗没说谎，但也没说实话。

"原来如此——"

那矢检察官的转椅微微一动。他的身子稍稍倾斜，摆出一副沉思的样子。还用圆珠笔敲打门牙。吵死了。

他边敲门牙边说道："你为什么不把这件事告诉别人？他们不是说他们就是纵火的人吗？你至少也该把这件事汇报给负责纵火案的片区警官，或是负责'新宿站西口地下通道杀人事件'的井原主任啊。"

"因为我没有十足的把握。我心想，真的纵火犯不会主动招认的。他们肯定是在虚张声势，好逼我说出他们想要的情报——"

不。她在说谎。她不想让别人知道那段屈辱的经历。有朝一日，她定要制裁那两个男人。而且她不能指望宽松的法律。志穗必须用自己的力量，报仇雪恨。否则，她就无法找回失去的自尊。

"原来如此，原来如此……"

那矢检察官并不相信志穗的说辞。他的声音中，分明带着冷笑。突然，他将脸转向志穗说道："你的运气不错。他们本想杀了你灭口的。否则他们就不会戴着徽章去找你了。他们本打算办完事后就杀了你，一了百了。这就是他们的行事作风。他们跟疯狗一样——"

"您认识他们吗？他们到底在哪儿？"

志穗强忍激动。

"我大概知道他们是什么来头。那群家伙的确可怕。他们是披着人皮的狂犬，办事干净利落，不留后患。杀人之后，总会放火毁尸灭迹。他们的做法很粗暴，但一把火的确能烧光所有线索，让警方无从查起。我们也想找机会将他们一网打尽。可普通的做法对他们完全不起作用。"

看来，那矢检察官猜出了志穗的心思。

既然那矢检察官知道那两个人是什么来头，那他也能猜出他们对志穗做了什么。

"普通的做法对他们完全不起作用"——他如此强调。他并不打算把那两个男人的所在告诉志穗。

志穗再次感受到屈辱感的煎熬，她这辈子都无法忘记这种屈辱感了吧。

那矢检察官又把头转去了别处，继续用圆珠笔敲门牙。片刻后，他缓缓说道："十七世纪后期，法国国王路易十四①时代的贵族们组织了一个'美食家侯爵会'。它的名字还挺优雅的，叫什么来着——"

那矢检察官看了看桌上的便签。

"Les Marquis Fran.'美食家侯爵们'。他们都是红酒的狂热爱好者。尤其是法国香槟地区的三个名产地出产的红酒。那些红酒被称为'Les Coteaux'，所以这个美食家协会也被称为'Ordre des Coteaux'，也就是香槟骑士团。"

"……"

"我刚才提到的'美食俱乐部'就是根据这个历史典故创立的。这个俱乐部的主旨是'在享受美食的同时，将红酒文化普及到全日本'。他们在山梨县的胜沼有专用的酒窖，可见他们的资金实力有多么雄厚。

---

① 路易十四（1638—1715），自号太阳王，以雄才大略和文治武功使法兰西王国成为当时欧洲最强大的国家，使法语成为整整两个世纪里整个欧洲外交和上流社会的通用语言，使自己成为法国史上最伟大、也是世界史上执政最长久的君主之一。

他们的会员也是经过精挑细选的。会员人数固定为六十人，一个不多一个不少。想加入美食俱乐部的人有很多，但他们必须等俱乐部有空位后才能进去。所以他们的会员都是响当当的大人物。在职的政府高官，或是当过高官的人；上市企业的社长、建筑公司的老总；大藏省、外务省、通产省的一把手；闻名世界的超一流音乐家、被国家指定为人间国宝的陶艺家、大学教授、全国性报社的社长……我们司法界也有好几位大腕加入了这个美食俱乐部，真是太'光荣了'。"

自不用说，"光荣"二字是那矢检察官的讽刺。他才不觉得这事儿有多光荣呢。事实正相反。他的语气中，饱含自嘲。

志穗懵了。

照那矢检察官的说法，"美食俱乐部"岂不是由日本上流阶级的人组成的吗？日本人多以"中产阶级"自居，谁知……财富与血统在不知不觉中出现了两极分化。新的贵族阶级悄然成型。

问题是，那两个凶残的男人为什么会佩戴贵族集团"美食俱乐部"的徽章呢？他们更适合监狱与暴力团的事务所，而不是高雅的"美食俱乐部"。

那矢检察官又转动了屁股底下的转椅，转向窗口。

"我接下来要说的还没有得到证实，请你不要太当真……我们接到消息称，被抛弃在新宿的薄野珠代曾在'美食俱乐部'的聚会上当过礼仪小姐。她已经好几个月没接过人才派遣公司的工作了。因为'美食俱乐部'给的报酬非常丰厚，所以她不用去别的地方找活干……"

志穗忽然想起了井原的话。

在薄野珠代出事前的几个月里，她的账户里多了好几笔巨款。

原来，那些钱就是"美食俱乐部"给的报酬啊。

然而……就算"美食俱乐部"是"侯爵们"的风月场，可侯爵们会阔气到给区区一个礼仪小姐几百万的地步吗？

那矢检察官也有同样的疑惑。

"我们也起了疑心——薄野珠代到底在'美食俱乐部'干了些什么？为什么俱乐部要给一个礼仪小姐这么多钱？我们最关心的就是这一点。"

他依然凝视着窗外，语气略显僵硬。他停顿片刻后继续说道："但美食俱乐部的人都是大人物，所以我们只能暗中调查，绝不能打草惊蛇。因此……我有个不情之请，其实这个请求和我刚才说的自相矛盾了。我知道那些男人很危险，但——"

他的嗓子眼卡了口痰。他只得清了清嗓子，说道：

"能不能请你去'美食俱乐部'当卧底啊？"

3

志穗离开了那矢检察官的办公室。

那矢检察官的要求太过惊人。一时之间，志穗还没反应过来。

忽然，背后有人叫住了志穗。

竟是小仓检察官。

"去喝杯茶吧，我不会占用你太多时间的，我有些话要跟你说。"
他气呼呼地说道。不等志穗回答，他便快步走向了电梯。

不是他强硬。他只是不知道该怎么和女性相处罢了。

他不知道该怎么跟年轻女性说话……志穗很理解他的苦衷。

于是，她便跟他去了。

走出办公楼，绕到旁边的小巷。

小巷里，有一家很是寒酸的小咖啡厅。

他们走进了咖啡厅。

小仓检察官想避人耳目。

服务生把饮料端上来之后，他便开门见山道："你最好拒绝那矢
检察官的要求——这起案件和之前的案子截然不同。卧底看似容易，
可这次的对手太强大了。'美食俱乐部'的会员，都是站在金字塔顶
层的人啊。"

"……"

"方才那矢检察官没跟你明说。其实美食俱乐部的会员里，有好
几个检察厅的大腕，还有警界的高官呢。那群人……什么事都做得出
来。他们是无所不能的。你单枪匹马跑去卧底又能怎么样……"

"你是在担心我吗？"

志穗凝视着小仓的眼睛问道。

"有人打匿名电话去特搜部，提供了有关薄野珠代的情报。那可是特搜部暗中侦查的案子。你也知道这种案子的性质有多恶劣吧？"

"你是在担心我吗？"

"特搜部认定这一系列的杀人案有着千丝万缕的联系，于是他们就通过'本部事件组'的那矢检察官联系了你，想让你过去当诱饵。因为特搜部没法亲自出手，就把烂摊子丢给了那矢检察官。那矢检察官是很反对诱饵搜查的，可他违背了自己的原则。你何必替他们干脏活呢——"

"我想问的不是这些——"

志穗硬是打断了小仓的话。她用无比认真的眼神看着小仓的眼睛，问道："小仓检察官，你是在担心我吗？你是因为担心我，才会跟我说这些的是吗？是不是啊？"

小仓的眼神有些闪烁，好似心里没底的高中生。他低着头，喃喃道："没错，我很担心你——"

他的额头上，分明蒙着一层汗水。

见状，志穗喜上眉梢。

——他很紧张！光是说一句"我很担心你"就让他紧张成这样了！

如果周围没有别人，志穗定会高兴得笑出来。

然而，志穗毕竟是个年轻女人。年轻女人，都是天生的演员。

这不，现实中的志穗露出矜持的微笑，喝了口冰咖啡。

她心想，我从没喝过如此美味的冰咖啡——

就在这时，她的移动电话响了。

　　电话铃声，好似一大捧冷水，泼在欢欣雀跃的志穗头上。

　　不知为何，志穗竟产生了某种不祥的预感。她认定，电话将带给她一个天大的坏消息。不祥的预感总是很准的。志穗顿感背脊发凉。

　　见志穗迟迟不接电话，小仓一脸疑惑。

❄

相模湖

1

相模湖位于神奈川县的津久井郡。

源自山中湖的几条小河汇聚在一起，流入神奈川县。

便成了相模湖。

相模湖是个人造湖。

而且相模湖地处山峡，每到深秋时节，红叶便会倒映在湖面上，美不胜收。

相模湖常被选为划艇、单人皮艇项目的比赛会场。相模湖公园中还有县立相模湖划艇训练场。

那具尸体……不对，应该是"尸体的残骸"，就是由某大学的划艇队员发现的。

上午七点半，他沿着斜坡将划艇推进湖里。

就在他奋力划桨的时候……

船桨碰到了一具尸体。

队员立刻联系了附近的警亭。警官们将尸体打捞上岸，转移到附近的片区警署。

神奈川县警派验尸官前来检查尸体。

不过……尸体受损严重，就算查了，也查不出个所以然来。

警察只捞到了死者的头部与肩部。头部的损伤极其严重。头盖骨裂开了，面部也被削掉了。

切口始于右锁骨，终于左肩胛骨。左臂岌岌可危，眼看着就要掉下来了。

从水里捞起来的尸体是很难判断死因的。

"溺死"的可能性自然最高。

但——

要确认一个人是不是溺死的，就得检查他的肺部。可这具尸体的肺早就不见踪影了。

如果死者的口鼻附近有泡沫，那也可以证明他是溺死的。但这种方法只适用于新鲜的浮尸。

总而言之，尸体伤得太严重，难以判断死因。

不过……不完整的浮尸并不罕见。

泡在水中的尸体总是四肢与头部朝下。

于是死者的头部就会被湖底的砂石磨坏。相模湖的水流较为湍急，在这座湖中发现的其他尸体也出现了头盖骨破裂、大脑流失的情况。

当然，湖底的砂石无法切断死者的躯干。

警方推测，切断躯干的真凶，是船只的螺旋桨。

游客们可以乘坐游船游览相模湖。

船的吨位并不高，规模最大的也不过二十五吨左右。但死者一碰到螺旋桨，就很难保住全尸。

躯干被一切为二的情况还是比较罕见的，但很多浮尸身上都有所谓的"螺旋桨痕"。

螺旋桨痕的特征是：好几条明显的平行切痕。无奈警方并没有找到死者的其他部分，所以验尸官也无法确定尸体真的是被螺旋桨切断的。

尸体的断面呈黏土般的白色，也是螺旋桨痕的特征之一。但这一点的说服力还不够。

这次的尸体不仅受损严重，还处于高度腐败的状态。

人刚死时会浮在水面上，然后迅速沉入水底。下一次浮上水面时，就是体内高度腐败，产生了许多气体的时候。但上浮所需的时间视气温、水温等外界条件而定。考虑到相模湖的气候条件，这具尸体应该在湖底沉了五天到两周左右。

死者的面部已被完全泡胀，由此可见，他至少在湖水里泡了两周。

被泡胀的表皮会剥落。再加上湖底砂石的摩擦与螺旋桨的冲击，死者的面部几乎不成原形。

万幸的是，死者的西装还挂在他的肩头。要不是那块西装布，警方甚至无法判断死者的性别。

——远藤慎一郎。

他是有可能被卷入犯罪事件的"特殊失踪者"。警视厅、神奈川县警与山梨县警都在寻找他的下落。

当天下午。

——警方在相模湖发现了一具男尸，死者极有可能是远藤慎一郎！

津久井郡的片区警署便将这条消息发回了警视厅……

志穗接到的电话，就是柳濑君江打来的。

2

志穗乘坐 JR 中央线前往八王子，再换成中央本线。

三站后，便是相模湖了。

下车后，她立刻打车赶往片区警署。

她向当班的警官提出，想去看一看他们打捞起的尸体。但警官面露难色，说道：

"遗体的损伤非常严重，腐败得也很厉害。而且……我们只捞到了头部和肩部。就算你去看了，恐怕也认不出来啊。你又不是他的亲人，我们也不方便让你去认尸啊——"

接待志穗的是一位中年警官。警官面相温厚，怕是不忍心让志穗这个"局外人"看到如此凄惨的尸体吧。

志穗紧咬下唇。

她能理解警官的良苦用心。

但志穗想亲眼确认一下，那具尸体是不是远藤慎一郎。不，她坚信那不是远藤的尸体，所以想亲眼找出推翻警方结论的证据。

据说尸体的肩部挂着一片西装，上面缝着写有"远藤慎一郎"字样的名牌。兴许……这是某人故意留下的假线索。

这个世界上的确存在着巧合。可巧合，真能"巧"到这个地步吗？

——也许，那并不是远藤部长的尸体。

这不仅仅是志穗的怀疑，更是她心中的祈愿。

远藤已失踪两周有余。她早已做好远藤已一命呜呼的思想准备。然而，当他人将事实摆在她眼前时，她还是无法坦然接受。

广濑死了，水树也死了。要是连远藤都死了，那特被部将何去何从呢。

特被部到底得罪了什么人？那人为什么要费尽心思，彻底瓦解特被部呢？

特被部只剩三个人了。一个是志穗，一个是处于"半退休"状态的袴田，另一个，就是柳濑君江了。

柳濑君江得知远藤的死讯后大受打击，整个人陷入了抑郁状态，无法自拔。志穗跟她说话时，她也是有一句没一句的，心不在焉。

为了激励柳濑君江，志穗必须亲眼证实，相模湖中的浮尸残骸并不是远藤。

然而……

"求您了，让我看一眼就行！"

任志穗如何哀求，警官就是不点头。

忽然，背后有人说道："拜托了，她是慎一郎的部下，我也希望她能去看一下——"

志穗回头一看，险些喊出声来。

她险些以为，眼前的人就是远藤慎一郎。

当然，那个人并不是她熟知的远藤部长。

那志穗为什么会产生那种错觉呢？因为眼前的人与远藤长得很像。也是父子俩，能不像嘛。

出现在志穗眼前的正是远藤慎一郎的父亲，高等检察厅检察长，远藤茂太。

志穗并没有见过他。但她一看便知，那就是远藤部长的父亲。

他的身材略矮小，不如远藤部长那么高，但两个人的气场非常相似。

他们都很沉稳，不好言语。他们总是傲视群雄，超然脱俗，泰山崩于面前而岿然不动。这父子俩简直是一个模子里刻出来的。

"你是特被部的北见志穗吧，多谢你对我家慎一郎的照顾。我是慎一郎的父亲远藤茂太——"

远藤茂太的声音是如此冷静，没有丝毫慌乱与动摇。谁会想到，他是来认亲生儿子的尸体的呢。

志穗赶忙低头致意。

远藤茂太惜字如金，却能散发出无言的威严，震慑住周围的人。这一点也是远藤父子的共通之处。

远藤茂太回头望向两名同行者，平静地问道："怎么样？能不能让北见志穗小姐跟我一起过去呢？"

那两个人是谁呢？一个是片区警署的署长。另一个，估计是县警派来的验尸官吧。

验尸官陪着也就罢了，连署长都跑来认尸，未免太小题大做了一些。这也是因为远藤茂太是高等检察厅检察长的缘故吧。

"当然没问题，只要家属同意就行。"

署长连连点头。可他的口气越是殷勤，志穗就越觉得他轻薄。

然而——

志穗刚进停尸间就后悔了。

停尸间里的东西，甚至称不上"尸体"。那不过是几个肉块罢了。

尸块高度腐败。面部，尤其是嘴边损伤得尤其严重。整张脸几乎不成人样。死者的左手跟蜡人一样，又白又肿，更显凄惨。

志穗是特被部的诱饵搜查官，什么大场面没见过。可见到这些尸块后，她不禁把头扭向一边。

尸块在水中浸泡多时，没有太大的异味。

即便如此，志穗还是浑身冷汗，头晕目眩。

一想到这具惨不忍睹的尸体可能是远藤慎一郎，她便悲痛难耐。

远藤部长的亲生父亲远藤茂太倒是泰然自若，仔仔细细地观察了尸体。见状，志穗不得不抖擞精神。

志穗下定决心，探出头来。

死者的下半张脸损毁严重，下巴被整个削掉了。牙齿也碎光了。面部轮廓很不清晰。再加上尸体高度腐败，表皮也被泡胀了，所以那颗头看上去更像是腐败了的蔬菜。要靠这张脸认尸，简直比登天还难。

然而——

志穗倒吸一口冷气。

她能透过这具残骸，朦胧看出远藤慎一郎的脸。就好像油画表面的颜料融化后露出的草稿。

这颗头颅已经不成人形了，也看不出"面部"原本的样子了。腐烂的皮肤附着在头盖骨上，连头发都掉光了。那就是个东西，而非人的遗骸。

只是……若是屏息凝神，就能看出那颗头颅深处，有远藤慎一郎的面影。

远藤部长……

志穗心如刀割。

她本以为，这具尸体并不是远藤。她一心祈祷着，死的人不是远藤。

然而，她的希望破碎了，她陷入了孤立无援的境地。

泪水湿润了眼眶。

这时，远藤茂太问道："你怎么看？"

"我不知道……我看不出来……"

话虽如此，但志穗只是不愿意接受事实罢了。她的哭腔，正是她撒谎的铁证。

远藤茂太默默点头，可他恐怕瞧出了志穗的心思。不过他并没有点破——这种用心，也与慎一郎如出一辙。

远藤茂太转向署长和验尸官，说道："脸的确有点像。但我也没有十足的把握。不过……耳朵的形状倒是一模一样——"

他的语气依然冷静。

"耳朵的形状？"

署长大吃一惊，一脸迷茫。

"嗯，每个人的耳朵都是不一样的，所以我们也能用耳朵的形状判断人的身份，只是它的精准度不如指纹那么高罢了。我觉得，这名死者的耳朵，和我儿子的很像——"他将视线转向验尸官问道，"你能提取死者左手的指纹吗？"

"我得先去问问鉴识课，不过应该没什么问题。现在技术发达了，就算是浮尸，也能在不剥下表皮的情况下直接从真皮层提取指纹。"

"那就麻烦了。回头请你联系一下警视厅，派鉴识课的人到我家来一趟吧。家里应该有慎一郎的指纹，只要一比对，就知道了——"

"好，我这就去安排。"

验尸官面露惊叹之色。

不愧是高等检察厅的检察长。面对可能是亲生子的尸体，远藤茂太面不改色，沉着冷静，做出了正确的判断。普通人哪有这么高的心理素质啊。

可志穗分明看见，远藤茂太的右手在微微发颤。也许看到这一幕的只有志穗一个。志穗意识到，他在用坚强的意志与痛失爱子的悲伤做斗争。他不想让任何人看出他心中的悲痛。

连死者的父亲都在忍耐，志穗又怎能意气消沉呢。

她打起精神，转向验尸官问道：

"这具尸体真是被螺旋桨切断的吗？会不会是用其他利器切断的啊？"

志穗想起了被电锯分尸的薄野珠代。也许这具尸体也是用同一种电锯切断的……

"这就不好说了。切口都成这样了，几乎不可能判断切口是什么东西造成的。我只能说，那很有可能是螺旋桨痕。"

验尸官没有把话说死。

远藤茂太意味深长地望着志穗，一字一句，饱含温柔地说道："慎一郎有个妹妹。她到美国去了，平时不在日本。慎一郎特别疼爱这个妹妹。你也知道慎一郎的脾气，他平时很少提自己的事儿的。可他跟我们提过你。他说，你跟他妹妹一模一样。对他而言，这就是最高级别的赞美了吧——"

志穗泪如泉涌。

3

暮色降临相模湖。

夕阳洒在相模湖周围的高山上，将红叶染得更红了。但阳光只在湖面的边角留下了一束金光。湖面的其他部分，则是浓浓的青色。两种颜色形成了鲜明的对比。

相模湖公园里鸦雀无声，湖面上也不见了小船的踪影。

寒风刺骨。

志穗面对寒风，纹丝不动地望着湖面。

她的心中，满是自责。

远藤部长在这座湖里度过了整整两周……

她满脑子都是远藤的音容笑貌。

当然，她还不确定湖里打捞起的尸体真是远藤慎一郎。也许远藤慎一郎家发现的指纹与尸体的并不吻合呢。

然而，那颗头颅上分明透着远藤慎一郎的面影，志穗也无力寄托那最后一缕希望了。

——还没定论呢。

可她心中还有另一种冷淡的声音。那就是远藤部长的遗体，绝对没错。

广濑死了，水树也死了，连远藤的遗体都浮出水面了……

我该不该把这件事告诉柳濑君江？志穗独自站在岸边，思索了三十分钟之久。

那天，远藤为了追踪神秘女子乘坐的中央高速巴士，坐上了三点二十三分的中央线特快列车（下行）。他应该在四点左右抵达了八王子站。这不，他用一张万元大钞在八王子站的小卖部买了十张电话卡。这一举动极其反常，他很有可能是想借由这种奇妙的行为，让店员记住自己。

店员称，远藤有个同伴。

莫非远藤想用奇特的行为，让店员记住那个同伴的长相？莫非远藤料到，他将死在那个人的手上？莫非，他是想告发那个男人？

遗憾的是，店员的记性并不好。他只记得，那是个跟远藤年纪差不多的高个男子。

远藤该有多么遗憾啊。为了给远藤报仇雪恨，志穗也得追查到底。即便特被部只剩她一个。

远藤是在八王子遇害的吗？是凶手把他丢进了相模湖吗？还是说，远藤是在来到相模湖之后遇害的？如果是后者，那么他是如何从八王子来到相模湖的？他坐的是轿车、大巴还是中央本线？

忽然，志穗下定决心。

——我要混进"美食俱乐部"当诱饵。

在寻找远藤的那两个男人肯定与"美食俱乐部"有关。只要混进"美食俱乐部"，就能搞清谁是杀死远藤的真凶了不是吗。

小仓奉劝志穗：这项工作很危险，还是别去为好。

他冒着与前辈那矢检察官作对的危险，提醒了志穗。这也证明，他对志穗心怀爱意。

但小仓还活着。

志穗还有机会报答生者的爱。可逝者的爱呢？

"他说，你跟他妹妹一模一样。对他而言，这就是最高级别的赞美了吧……"

远藤部长的妹妹是个什么样的人啊？要是她很漂亮，那志穗就心满意足了。因为远藤说，志穗跟他妹妹很像。

光凭这一点认定远藤爱着自己，是不是太过武断了呢？是不是志穗自作多情了呢？

也许是吧。

武断也好，自作多情也罢。

远藤已不在人世。

志穗只得坚信，远藤心中，有过对她的"爱"。

为了报答逝者的"爱"，志穗必须追查到底。

志穗这才意识到，她也深爱着远藤慎一郎。

——对不起，小仓检察官。我决定了，我要混进"美食俱乐部"。我必须这么做，但我答应你，这会是我最后一次当诱饵……

回过神来才发现，太阳已经落山了。相模湖周围一片漆黑。什么都看不见了。唯有湖面留有一条纤细的光带，显得分外清冷。

那道光，勉强照亮了志穗心中的爱。那份爱是献给远藤的，还是献给小仓的？她也说不清楚。

❋

搜查本部解散

1

袴田没吃晚饭。他压根就没有食欲。胃部隐隐作痛。每次饿肚子，他都会胃痛。可他要是吃了东西，也会有恶心、烧心的感觉。无论吃不吃，身体都不舒服。那还不如不吃呢，省事儿。

袴田终究还是被医院扫地出门了。为什么？因为他不听话啊。他不肯做检查，还惹可爱的护士生气了。我就没见过比你更任性的病人！——护士愤然道。但她生气的表情也很可爱。好遗憾啊，袴田心想，我就盼着每天能见到她一面呢……

是我害怕检查吗？才不是呢。我已无所畏惧。我不是怕，只是怕麻烦。做什么事都嫌麻烦。连活着都是桩麻烦事儿。不过，耐着性子过活的日子，也过不了太久了。

用手一按，就能摸到胃部的硬块。正因为如此，我才不愿意做检查。我瘦了，连五十公斤都不到了。而且我还很容易疲劳。都怪这个硬块。没错，我知道它是什么东西。

我的父母都是得癌症死的。他们都做过放疗，在痛苦的副作用中死去。走的时候，连头发都没剩下几根。他们死得太惨了。我可不想这么离开这个世界。

我想轻飘飘地走。虽然我的人生一团糟，几乎没有一件称心如意的事儿，但我还是想选择一个最理想的死法。这点享受，是不会遭天谴的吧。这就是我现在唯一的心愿。

可我正走在街上。揣着志穗在水树家见到的红酒标签，揉着隐隐作痛的胃走着。广濑死了，水树也死了。我很气愤，也很悲痛，但我没有那么伟大，提不起精神为同事们报仇雪恨。特被部卷进了一桩麻烦事里，可我早就料到了。诱饵搜查搞久了，总会出事的。没办法啊。片区警署的风纪组也好，特被部也罢，都不是我的久留之地。这些工作，都是让我糊口的营生。仅此而已。然而，我竟忍着疼痛，走在路上……

——为什么？

袴田扪心自问。

问了也是白问。

他很是烦躁，可又在心中自嘲：我简直跟电视剧里的热血刑警一样嘛……自嘲完了，他还得接着走。

志穗的面容在他脑海中闪过，但他没有放在心上，他早就过了谈情说爱的年纪……

早稻田大道。

这条街上的旧书店也不少，没神田那么多就是了。

袴田走进了其中一家旧书店。

那是一家狭小而破旧的书店。

在看店的是个绷着脸的中年妇女。袴田进门后，她也没说上一句"欢迎光临"。

不等袴田道明来意……

"哟，等你好久啦。"

一个老人便从里屋走了出来。

他穿着牛仔裤和运动衫，显得年轻又精神，可他脖子上的皱纹还是暴露了他的年龄。

老人瞥了中年妇女一眼，说道：

"在这儿说话不方便，咱换个地方吧。"

说完，他便将袴田推了出去。

老人貌似很顾忌那个中年妇女。而中年妇女也一脸不爽，都没看老人一眼。

走了一会儿之后，袴田问道：

"刚才那人是？"

"我儿媳妇。谁叫我儿子没出息呢，只能讨到那种整天摆臭脸的货色。"

"别这么说嘛，她看上去还挺和善的呀。"

"袴田，你可真不会说奉承话啊。她怎么'和善'了？她巴不得我快点翘辫子呢。她都计划好了，等我一死，她就会把那赚不了钱的旧书店改装成便利店。"

"旧书店赚不了钱吗？"

"当然赚不了。这年头的旧书店都是靠漫画赚钱的，可我也不想改行，只要我还有一口气，就绝不会让她得逞。"

"你的命还长着呢。"

袴田笑了。他切身感觉到，这位老人的晚年，并没有那么不幸。

而且袴田也不能事不关己高高挂起。他也到了该思考晚年生活的年纪。这位老人至少还有家人陪伴，可袴田总是孤身一人。光是想象，就能猜出袴田的晚年绝不会轻松快乐。

老人说道："去喝两杯吧——"

老人带头走进了一家挂着红灯笼的小酒馆。

他们点了啤酒和下酒菜。干杯后，老人切入正题。

"那东西啊，做得不是很精细。我也挺不齿这种差事的。不过……没人会找专家鉴定红酒的标签，所以……"

"那东西果然是——"

袴田的表情略显紧张。

"嗯，"老人点点头，"是假的。它看上去很旧，但那是故意做旧的，连'伪造'都算不上吧。别看那张纸好像很有年份的样子，其实那是很容易搞到的纸。嗨，要我说啊，那种东西跟小孩子的玩具差不多。"

"……"

"唯一比较讲究的就是上头的墨水了。那种墨水啊，是用加了氨水和氢氧化钠的阿拉伯橡胶做成的，用这种墨水写出来的字会显得很旧。"

袴田谨慎地问道："你能不能看出……这东西是谁伪造的？"

"能啊，"老人不假思索道，"我一猜就中。你总不会为了这张小标签抓人吧。伪造标签的人怕是也不觉得自己做了坏事，毕竟红酒标签值不了几个钱啊。唉，时代不同了，想当年我见过的伪造品多了去了……"

旧书跟美术品一样，都会有人处心积虑去伪造。只是伪造旧书的人没那么多罢了。在旧书市场价值数百万的古书，自然也会有赝品。

这位老人是个古书鉴定专家。在某起古书伪造案中，他扮演了极其"重要"的角色。当然，那起案件的时效已经过了。

袴田在片区的防犯课工作时，接触过这方面的诈骗案，一来二往，就认识了这位老人。

袴田这人挺奇怪的。

他在每个警署都没留下什么业绩。大家都觉得他懒惰无能。也是，他的确没有认真破过什么案。

但他能很快跟某些"不正经"的人打成一片。春宫画家、伪造文件的专家……什么样的人都有。这些人都有些愤世嫉俗，所以他们才会和袴田有共同语言吧。

这位老人，也是袴田在办案过程中认识的。他多多少少做过些亏心事（不，也许是做过"很多"亏心事），但袴田对此不管不顾，于是他们便形成了一种互帮互助的合作关系。

袴田和老人聊了一个多小时。

老人的儿子与儿媳不太和睦。他不停地抱怨——是我没把儿子培养好，他怎么就找了个那样的女人呢……

老人上了年纪，精气神大不如前，酒量也没以前那么好了。

袴田鼓励道："看见你还那么精神，我就放心了。"

"我精神啥啊，早就不行喽——"

"你肯定能比我活得久。"

"开什么玩笑，你比我年轻整整二十岁哎。"

老人如此笑道。可袴田没在开玩笑。

袴田不顾老人的挽留，买单走人。

"你怎么这么着急啊。难道有相好在等你不成？一个人喝酒有什么意思嘛……"

老人很是不舍。

当年的造假专家早已退隐二线。他的确想找个人陪他喝酒聊天，但他的真心话恐怕是——我可不想回去看儿媳妇那张臭脸。

"不好意思啊，我明早还有事儿呢。"

袴田还是告别了老人。他知道老人寂寞，可他的身体不允许他继续硬撑了。

他已经撑过头了。

在前往车站的半路上，袴田靠在人行道的护栏上，休息了一会儿。

胃部隐隐作痛，他浑身都是冷汗。

——难道有相好在等你不成？

老人的话，还在耳边回响。

袴田哪儿来的相好。唯一会等待他的人，恐怕就是志穗了。而且志穗在等的也不是袴田这个人，而是"红酒标签的调查结果"。

——没人在等我。

残酷的事实，让他心如刀绞。

袴田的人生，已然走到了末路。他已无路可退。

一想到在等待他的人只有志穗，一想到志穗正在孤身调查，他便心痛不已。

袴田很孤独。但失去了特被部同事们的志穗，要比他孤独得多。

志穗孤独而坚强。她执着查案的模样，浮现在袴田的眼前。

——我是个自私自利的人。

袴田竟自责起来。我真不该为了区区胃痛抛弃志穗。

抛弃志穗，就是抛弃袴田自己。

要是抛弃了自己，袴田就一无所有了。自尊、意志与友情都会消失殆尽。留下的，只有胃里的肿瘤。

2

翌日——

十月二十五日，星期五。

今天是众议院预算委员会召开的日子。审议会从下午开始。议题为国政的焦点之一——行政改革。

以总理为首的政府高层全部出席，委员席上则坐着各省派出的政府委员。

预算委员会其实是审议国政各项事务的会场。在野党总会在预算委员会上挑政府的毛病。

从这个角度看，执政党的议员（来自山梨县选举区，第五次当选）站上提问台，就"行政改革"中的一环——"警察组织"提问，算是比较反常的现象。

这名议员指出，犯罪的范围日渐广大，但警察组织太过僵化，无法及时应对。而且设立了搜查本部的重大案件的破案率实在太低。

许多案件牵涉到多个辖区。可每个辖区的警方各自为政，不通力配合，在这种情况下，自然很难将真凶绳之以法。如果罪行牵涉到好几个县也就罢了。明明是发生在东京的连环案件，却要根据不同的辖区设立两个，乃至三个搜查本部，这未免太不合情理了。如果分别设立搜查本部有助于提高破案率，倒是好事一桩，可数据显示，重案的破案率在不断下降。从行政改革的角度看，政府必须大刀阔斧地改变现状，否则就会白白浪费纳税人的钱。

这名议员还指出了警界高官"下凡"的问题。何为下凡？就是退休后去娱乐业界（比如做柏青哥机的公司）或情色业界当"业界指导员"。在调查第一线浴血奋战的警官们退休后只能当当保安或公司的总务人员。相较之下，差距可见一斑。如此"下凡"，官商勾结，后果不堪设想……

记者席一阵骚动。为什么一个执政党的议员会提出如此尖锐的问题？记者们百思不得其解。

这位议员今年五十七岁，在议员中算是年轻的。但他曾是内阁的成员，是货真价实的保守派与实力派。人们都认定，他总有一天会坐上首相的宝座。

议员的质疑咄咄逼人。国家公安委员长、警察厅刑事局长、法务省的刑事局长都做出了回答，但他们都没把握住问题的要害，显得一脸迷茫。

总而言之，对本届政府而言，行政改革是至关重要的政治课题。无论那位议员提问的初衷是什么，"警察组织的改革"都与行政改革有关，也是个非常新鲜的话题，所以媒体对这次答辩进行了详细的报道。

NHK 也直播了这次审议会的情况，但能真正理解"会议精神"的人，寥寥无几……

当然，袴田对此也是一无所知。他这辈子就没看过 NHK 的国会直播。

挥别老人之后，他立刻给志穗打了电话。

但志穗不在家。

"我查了查那张红酒标签，有空联系我一下——"

袴田在答录机里留言了。无奈一夜过去，志穗依然杳无音讯。

那位老人倒是给袴田打了电话，他已经把袴田拜托他的事儿办妥了。

正午时分，袴田打电话去了特被部。

特被部只有柳濑君江一个人在。

平时神气活现的柳濑君江一反常态，消沉不已。特被部惨祸不断，柳濑君江也受到了巨大的打击。

她说，志穗今天没去过特被部。

反正特被部也没什么要紧的活儿，最多就是整理整理资料。但志穗从没有过无故旷工的情况。

"我好担心她啊……我给她家打过电话，也打过她的移动电话，可她就是不接。她会不会跟水树一样，自己跑去调查了啊……如果真是那样，那她岂不是也很危险吗……"

"别担心，志穗跟水树不一样。她要成熟得多，也谨慎得多。"

"袴田大哥，你好冷漠，好不负责任哦……"

"……"

"特被部都成这样了，你却不怎么联系我们。广濑和水树的葬礼你也没去。我的老同事对你的意见可大了，可他们说你坏话的时候，我都会帮你说好话的呀。哼，算我看走眼了吧。"

"……"

"同事出了事，你根本就不在乎。你不光是懒，还没有人情味。"

当然，柳濑君江说的是气话。

特被部出了这么多事，志穗又行踪不明，她实在撑不住了……袴田也知道柳濑君江心里不好受。可听到她的控诉，袴田的心情还是沉到了谷底。

我胃里有肿瘤。

——袴田并不想把真相说出来。就算说了，也无法改变事实。他的确是个不负责任的冷漠懒汉。

他收拾了一下，准备出门。

他的目的地是四谷。

那里有一家叫"贵腐"的法式餐厅。

袴田必须去那家餐厅看一看。

3

"贵腐"就在JR四谷站附近。

它在一条斜坡的中间，背对斜面。一楼是停车场，二楼与三楼则是餐厅。但站在大楼背后就会发现，它的一楼有一部分是半地下式结构。

袴田沿着大楼外侧的楼梯。顾客可以从二楼的露台走进店里。餐厅的大门上了锁。按了门铃也没人应门。看来……餐厅没在营业。

窗户上贴着"旺铺出租"字样的贴纸，下面则是房产公司的名字和电话号码。

袴田抄下电话后便离开了餐厅。

老人没有轻易把伪造红酒标签的人告诉袴田。他虽然上了年纪，可他毕竟是"那一行"的人。

那个世界也有独特的行规。所以老人不能把"那个人"的名字告诉袴田。但他说了那个人伪造的红酒标签的"去处"。没错，那些标签全部流向了"贵腐"。

标签的总数并不多，不过二十来张。而标签上的文字，也是"贵腐"指定的。每一批都不一样。

把看似陈旧的标签贴在便宜的红酒上，卖个好价钱……造假带来的利润并不高，所以伪造标签的人也没当回事。

然而——

既然其中一张红酒标签出现了水树家，那袴田就得调查到底了。

不过，水树家会有红酒标签也不是什么稀罕事儿。她偶尔也会喝点小酒，只是她买的碰巧是假酒罢了。

就算搜查本部的警官知道了这件事，怕也不会放在心上的吧。

但袴田总觉得这张标签另有玄机。

这次的案件，总有些不太对劲的地方。

刑警们在查案时会先"读一读"案件的"性格"。

可这一回，袴田"读"不出来了。

薄野珠代与拿着红酒的神秘女子极有可能死在一个变态杀人狂的手上，也许水树也是被同一个人害死的。问题是，变态杀人狂要远藤与广濑的性命干什么呢？

特被部的人接连遇害，莫非是有人对特被部怀恨在心，伺机报复？那……那两个不属于特被部的女人又是怎么回事呢？

远藤慎一郎的死因还不明确。警方甚至不清楚他是自杀的，还是死于他人之手。

但这几起案件中，都有一个"左撇子"的影子。

薄野珠代与"神秘女子"眼睁睁地看着手持利器的凶手割开自己的脖子，却无动于衷。广濑与水树则是被电线勒死的……种种线索显示，四起杀人案的凶手都是左撇子。

然而——

"左撇子"是这一系列案件的唯一共同点。

除此之外，没有任何要素能将这四起杀人案（如果远藤慎一郎也是被人杀死的，那就是五起了）联系起来。

什么莫名其妙的案子啊……

所以袴田才会产生这种印象。

凶手的动机是什么？而且……

照理说，分尸的主要目的，是为了掩饰被害者的身份。

可凶手将薄野珠代分尸之后，特地将包括头部在内的上半身丢在了很容易被人发现的新宿站西口地下通道。这到底是为什么呢？

为什么活着上中央高速巴士的"神秘女子"会变成行李袋中的尸体呢？

为什么水树会被勒死在堵得水泄不通的中央高速公路小佛隧道（三重密室）里呢？

这个世界上没有所谓的"不可能犯罪"。只要找到突破口，就能破解后两起案件的谜团。警官们只是被错觉蒙蔽了双眼罢了，若能搞清凶手的玄机，案情自会明朗。到时候警官们就会感叹，什么嘛，原来事情这么简单啊。

在漫长的刑警生活中，袴田经历过好多次类似的情况。

罪，是人犯下的。只要是人做的事，就有"破解"之法。

其实最关键的问题并不是"谜题"本身，而是犯下这种莫名其妙罪行的凶手的精神结构。

这一系列的罪行中，透着一股彻头彻尾的扭曲。这个凶手，并不是个寻常的"变态"。他身上有一种怪异的、轻盈的、不属于人类世界的、超常的"变态性"。这种变态性，究竟因何而来？

袴田绷着个脸，寻找负责"贵腐"的那家房产公司。

房产公司就在车站附近。

一个谢顶的中年男子孤零零地坐在店里。他的头顶亮闪闪的，表情却显得很郁闷。

袴田立刻打听起了"贵腐"的事儿。

警局说，那栋大楼本身是租给另一家法式餐厅的。两年前，泡沫经济崩溃，餐厅因经营不善，不幸破产。于是"贵腐"把那栋楼和屋里的设备一块儿盘了下来。

但这两个月里，"贵腐"并没有开门营业，连房租都没交。房产公司给签约人打了电话，可那个电话号码已经变成了空号。

无可奈何之下，房产公司只能在餐厅的窗口贴上"旺铺出租"的贴纸，为大楼寻找下一个租户。

"听说那家餐厅是个'会员制'餐厅，平时都没见它做什么生意，天知道店老板到底想不想赚钱。我看着就觉得那人挺不靠谱的。嗨，他要是老老实实交房租，我们倒也能睁一只眼闭一只眼了——"

中年男子一直在摸自己的光头，好一颗光溜溜的脑袋。

袴田真想拿他的脑袋当镜子照，可他忍住了。他问，能不能让我看一下那栋大楼的租赁合同？

租房者名叫"西条介"，三十六岁，未婚，也没有写下亲人的姓名。合同上有他的地址和籍贯。但……

西条介（Saijyou Kai），最上层（Saijyou Kai）！

袴田一看到那个名字便心想——"这假名也太扯了"。他立刻意识到，合同上的信息全是假的。

"签完合同之后，您就没见过那个西条了吧？"

"见过啊。那是两周前的事儿吧……我在四谷站见过他一面。不过我就瞥了他一眼，没跟他说话。"

"两周前？您还记得那是几号吗？"

"我还真记得。是十月九号，星期二，时间应该是两点半之后吧。他上了中央线的电车，是新宿方向的。怎么样？我的记性是不是很好啊？"

"……"

"哈哈，您别慌，实话告诉您吧，那天啊，我有笔大生意要谈。我跟人约了三点多在御茶水酒店见面来着，就在中央线对面的站台等车。等着等着，我就看见他了。"

中年男子得意扬扬地说道。他的脑袋也显得更光亮了。

"原来如此，是这么回事啊。"

袴田苦笑道。忽然，他想起了一件事——那不正是远藤慎一郎失踪的那一天吗？而且远藤就是坐中央线去的八王子，连上车的时间都差不多……

这只是个巧合吗？还是……

还是什么？袴田也回答不上来，只是脑子隐隐作痛。

4

次日。十月二十六日。星期五。

晚上十点——

一名男子站在大久保大道的人行道上。

他抬起头，凝视着遭了火灾的水树家。

房间的窗户盖了一块硕大的塑料薄膜。薄膜随风飘荡，反射着来往车辆的车灯。

男子长叹一声，正要走。

却被身后的人叫住了。

"井原警部补——"

搜查一课六组的井原主任回头一看。

来人竟是袴田。他的风衣，也在风中摇曳。

"是你啊……"井原一脸惊讶地喃喃道，"什么风把你吹来了？几天不见，你怎么瘦了这么多啊？"

"我的女人跟人跑了，我当然得瘦啊，"袴田顺势开了句玩笑，"我找不到志穗。她没去特被部，也没回过家。我甚至联系了她的娘家，可她母亲也不知道她的下落。井原警部补大人，你到底派她干什么去了？"

"不关我的事，我哪儿管得了她啊。"

"你就别装傻了。"

"我可没装傻，我是真心不知道啊。"

井原苦涩地说道。

井原的级别是警部补，而袴田只是个巡查部长。但袴田的年纪比井原大得多。所以井原平时跟袴田说话时还算是彬彬有礼。可今天的井原特别"冲"。

"再说了，'新宿站西口地下通道杀人事件'搜查本部都被解散了。我们六组也不再负责这起案件了。所以啊，我根本就没法派志穗去干活。"

"搜查本部解散了？喂，怎么能这样啊，虽然案子没什么进展，可也不能说解散就解散吧！"

"真解散了，不骗你。一课六组被打回本厅了，片区的专属搜查员也只剩四个了。虽然调查工作还没有结束，但警方也不敢大张旗鼓地调查，一来二去，就变成现在这样了。"

"……"

"听说山梨县警的'中央高速巴士杀人事件'搜查本部也解散了。八王子警署那边也没进展，好在水树的案子和消防署还有那么点关系，没法立刻停止调查，但专属调查员的人数也变少了。每个警署都跟屁股着了火似的，临阵脱逃——"

"上头有压力吗……"

袴田皱起眉头。

警察也得面对许许多多的压力。这些压力，超乎常人的想象。调查一旦牵涉到某些"关键团体"，高层就会施压，命令基层停止调查。最要命的是，这种"关键团体"的数量还挺多，不止一两个。

警界是个彻头彻尾的官僚阶级组织。

警界中有一群特殊的警察官。他们都通过了高级公务员考试，是所谓的"精英组"。用"警察官僚"一词去称呼他们会更合适一些。他们跟第一线的警察截然不同。普通的警官再怎么努力，也只能爬到部长（警视长）的位子，可警察官僚能当上长官，甚至是总监。

还有不少警察官僚进军了政界，当上了法务大臣或官房长官。官僚与政治家暗中勾结，便会孕育出"腐败"。调查的公正性会被撇在一边，政治判断将会左右调查的主要方针。

与其他省厅的官僚相比，警察官僚的"下凡"地点比较少，只能去娱乐团体、风俗业团体当当理事。

这两个行当的人都得看警方的脸色行事。

所以他们会将警察厅的老干部请回来当理事，好和警界攀上关系。朝里有人好办事嘛。

"保护省厅的利益"与"明哲保身"是官僚的两大本能，警察官僚也不例外。要是触怒了那些老干部，难保今后不会吃不了兜着走，所以警界的高层也不得不优先所谓的"政治判断"。这就是基层的警官经常受外力牵制的主要原因……

当然，袴田与井原对此烂熟于心。

前线的人再怎么抵抗，也是于事无补。总有一天，他们会屈服于压力的淫威之下。基层的人，就是如此无力。

"有个议员在预算委员会提问，说有'搜查本部'的案子的破案率太低，警察官僚不能继续'下凡'……那简直是明目张胆的恐吓。警界的高层都吓破了胆，十万火急地把搜查本部都解散了——"井原黯然说道，"那个议员就是'美食俱乐部'的人。刚通过薄野珠代查到'美食俱乐部'时，我就料到会有这一天了。组长和署长都是软脚虾，只知道嘱咐我们'谨言慎行'。开什么玩笑。这不，上头开始施压了吧。"

"美食俱乐部？"

"啊？你没听说过吗？"

"没有啊。"

"唉，风纪组的工作就是轻松啊。我也想改行了——"

井原竟一反常态，自暴自弃起来。

他并没有解释"美食俱乐部"的来历，而是换了个话题。

"相模湖的那具尸体的确是远藤慎一郎。鉴识课去他家采集了指纹。当然，他家里有好多人的指纹。这些指纹被送去神奈川县警做了比对，结果尸体的指纹和远藤家发现的其中一组指纹完全吻合。那个死人就是远藤慎一郎，绝对没错。只是警方还不知道他是自杀的，还是出了事故，抑或许是被人杀掉的——"

"遗体没送去解剖吗？"

"怎么解剖啊，捞上来的只有头部和肩部的一部分。腐烂得也很严重。神奈川县警也不敢随便动刀，毕竟那是检察长的儿子啊。远藤茂太也提出，希望警方尽可能不要解剖遗体。为人父母，也不忍心看到儿子死后再受苦吧。所以啊，神奈川那边也很谨慎，不想把事情闹大。"

井原扬起下巴，示意袴田跟他"走两步"，边走边聊。

袴田跟上。

"你要去哪儿？"

井原没有正面回答。

"我刚才也说了，八王子的'搜查本部'也要解散了。案子当然要继续查的，但警力根本不够用。山梨县那边的搜查已经告一段落了。岂有此理。我们基层的人费尽千辛万苦找证据搜集证词是为了什么啊——"

袴田问道："那个'美食俱乐部'真有那么大的权力吗？警视厅、神奈川县警、山梨县警……全都服服帖帖的，他们就这么厉害吗？"

井原停下脚步，望向袴田。他的双眼黯淡无光。

"是啊，"他点头说道，"他们就是这么厉害。"

他的表情，深深刺痛了袴田的心。

井原很克制，但他的表情还是出卖了他。他是如此不甘，如此悲痛。

袴田本想劝一句——

"别愁了，上头施压不是常有的事儿嘛。"

然而，井原并不喜欢他人的同情。不等袴田开口，他便转身走开了。

袴田的话，没了去处。

井原不习惯被人同情，而袴田也不习惯去同情别人。

最终，他只能问几个无关痛痒的问题了事。

"在勘查火灾现场的时候，我跟志穗稍微吵了两句，不欢而散……嗨，我是无所谓她生不生我的气啦，只是有些好奇她干什么去了。特被部的同事出了事，要是她一时想不开自暴自弃了不就麻烦了嘛——"

当然，井原并不是完全不在乎志穗，他只是不愿意把自己的心思说出来罢了。兴许，他压根就不想承认——其实，他是很认可志穗的。他知道志穗是个很有一手的诱饵搜查官。他很关心志穗。袴田对此心知肚明。

"所以……那天我们分手之后，我就跟着她走了一段。我知道跟踪女人是件很恶心的事情。跟着跟着，我见她走进了一家法式餐厅，就放心大胆地回去了。可我后来一想，一个年轻女人，怎么会一个人跑去法式餐厅吃饭呢，多不合情理啊，于是我就想去那家店打听打听——"

井原依然背对着袴田，快步前走。这也许是他掩饰尴尬的方法吧。

袴田不禁苦笑。他跟着井原，在心中喃喃道：

——志穗啊，你究竟上哪儿去了？

5

快十一点了。

周五晚上的中野站很是热闹，但很少有餐厅会开到那么晚。

井原也没指望志穗去的那家餐厅还开着。他也就是去碰碰运气而已。他早已做好改天再来的思想准备。

谁知，他这趟没有白跑。

餐厅没在营业，但里头好像有人在开派对。二十多个人把酒当歌，谈笑风生。

更走运的是，那天见过志穗的品酒师也在店里。

五十岁上下的微胖男子一脸和善。

他说，志穗向他打听了一个姓"Saijyou"的品酒师。她还拿出了一张红酒标签，问他知不知道那酒是什么来历。

品酒师说，他不认识姓"Saijyou"的人，也不知道那红酒是什么牌子的……

西条（Saijyou）？志穗也在找一个叫西条的男人吗？那岂不是……

"我还是个品酒师呢，连酒的牌子都看不出来，真是太难为情了……我都没见过那种标签。我本以为我对红酒还是比较了解的呢——"

"标签？"

井原一脸惊讶。

见状，袴田有些内疚。

志穗没把标签的事儿告诉井原，袴田也没把他查到的"Saijyou"告诉他。

这时，一个年轻女性叫了品酒师一声。

她打扮成了魔女的样子。

不光是她，在场的所有人都化了装。有人扮成了吸血鬼，有人则打扮成科学怪人的样子……

"我马上回来。我们每周五都会举办品酒会的。马上就到万圣节了，所以大家就稍微打扮了一下——"

品酒师微笑着朝同伴们走去。

"万圣节？"

袴田不知道这个节日是干什么的。

"哦，十月三十一日是西方的万圣节。听说那是洋人的鬼节……嗨，我也不是很懂啦——"井原如此解释道，"话说……志穗到底在找什么啊？他说的红酒标签和品酒师'Saijyou'到底是怎么回事啊？"

"啊，是这样的……"袴田点点头，把事情的来龙去脉一五一十地告诉了井原。

他不得不说。

搜查本部接连解散，虽然警官们仍在"调查"，但调查工作已陷入瓶颈。没有专属调查员的努力，就不可能解决这一系列的难案。

特被部已溃不成军。在这种情况下，袴田唯一能依靠的人就是井原了。

听袴田说完之后，井原沉默了许久。

"其实啊……"过了半晌，井原幽幽道，"薄野珠代、拿着红酒的神秘女子与水树的肩膀上都有一道伤口，而且伤口都很新。鉴识课认为，那是凶手为了掩饰某种痕迹特地留下的——"

"痕迹？"

"嗯。鉴识课把水树的尸体送去了科搜研，让科搜研把水树伤口的表皮一层层揭开。你还记得吧？想当年碰到被火烧焦的尸体，或是被水泡胀的尸体，警方都会这么采集指纹的。然后再用镭射光照一下，就能看清表皮下面的东西了。结果科搜研发现，水树的肩膀上，有一层浅浅的花纹。她身上曾有过刺青。"

"……"

"三名死者的肩膀上都有过刺青。凶手之所以挖掉她们肩膀上的肉，都是为了消除刺青的痕迹。这个凶手的心理简直不正常到了极点。只有搜查本部的一小部分人知道这件事。而且啊，那个刺青的图案和红酒的标签很像。也就是说，凶手先在死者的身体上留下了红酒标签状的刺青，然后再残忍地杀害了她们……"

一时间，袴田没能理解井原的话——

但他毛骨悚然，仿佛有人在他头顶浇了一盆透心凉的水。因为，他察觉到了一个天大的秘密。

被大火烧焦的那张标签上，印着"Miz"这几个字母。那会不会是"水树"（Mizuki）的意思啊？ 1975，并不是红酒的酿造年份，而是水树出生的那一年。

——这家伙是个超级大变态！这家伙把女人的身体当红酒瓶看！还在女人的肩膀上留下了标签样式的刺青……

袴田呻吟道："志穗……志穗有危险……"

就在这时，开派对的人们一阵欢呼。

和善的品酒师抡起军刀。

那是专门用来表演的军刀。

刀准确地落在每一批香槟的瓶口，将酒瓶的"颈部"一分为二。

在场的女观众们鼓掌欢呼，好不兴奋。

"啊……"袴田喊道。

与此同时，井原也回过了神。他终于意识到，眼前的这一幕究竟意味着什么。

薄野珠代，拿着红酒的神秘女子——两名死者临死前没有反抗，也没有举起手臂自卫。

"那个品酒师——"井原低吼道，"那个叫西条的品酒师就是真凶！"

❄

甄选

1

十月二十六日，星期五。

同一时间——

志穗来到了那个地方。

永田町有国会议事堂，霞关是各个政府部门的聚集地，虎之门与赤坂则有各国的大使馆。

外堀大道沿岸，算是东京……不，是全日本的中枢。

这条街上有不少"无法光凭外观判断其用处"的建筑物。

这些建筑物大多只有四五层，看上去也很陈旧厚重（有不少大楼建于二战之前），显得非常内敛低调。

有些建筑是政治家与高级官僚御用的俱乐部，有些则是战前发家的财阀用来召开家族聚会的社交场。

总而言之，这些建筑物只向日本的"贵族阶级"开放，普通人甚至不知道它们的存在。

现在——

志穗身处的这栋建筑物，也属于这种类型。

平滑的屋顶上，贴了铅制瓦片，顶楼有山墙窗，墙上则有大理石做成的精致浮雕。这是一栋与时代格格不入的凝重建筑。

通顶设计的门厅十分宽敞，二楼设有回廊，圆柱支撑着拱形的天花板。地板由大理石铺设而成，正面则是一扇硕大的彩色玻璃窗（八成是二战前从国外进口的）。阳光透过彩色玻璃，在地板上留下淡淡的光影。装点在大厅角落的唐代瓷瓶与波西米亚玻璃花瓶也是"艺术品"级别的。

建筑物的窗户都很小，墙壁却很厚。室内鸦雀无声，连个人影都没有。偶尔碰到一个人，对方也是低着头闷声往前走，都不会跟志穗交换眼神。在这里，一切的一切都是秘密，都躲藏在昏暗的阴影中。

正因为如此，这栋楼才会给人以"与世隔绝"的印象。就好像，它是一座位于天涯海角的洞窟。恐怕……在这栋楼里发生的事，是绝不会泄露出去的吧……

志穗来到了这样一栋大楼。

她正身处四楼的小厅。

房间的面积挺大，但也没有大到无边无际的地步。而且它的装潢与布置，能给人带来"小阁楼"般的精致感。

每一扇窗户后，都有厚厚的天鹅绒窗帘。间接照明的柔和灯光洒在窗帘上……堪比不为人知的世外桃源。

窗帘前方有一排摆成马蹄形的桌椅，许多人坐在桌旁。

然而，那些人背后装了照明灯。在逆光的环境下，志穗无法看清他们的长相。

他们都像影子一般，躲藏在昏暗的雾气中。唯有一人例外。

一个人开口说道："近藤志穗。二十三岁。出生于北海道的小樽。毕业于札幌的 J 大，专业为心理学。来到东京后，曾在多家人才派遣公司登记。有过当秘书的经验。特长是英语二级……我没说错吧？"

"没错。"

志穗点头回答道。

她看不见那些人的脸，却能明显感觉到他们的视线。他们正目不转睛地凝视着志穗，仿佛在评估志穗的价值。他们的视线让志穗很是不快，也备感屈辱。

唯有一人侧身面对志穗。所以志穗能看清她的容貌——那是位中年……不，是位老妇人。

她的年纪应该跟志穗的母亲差不多，可她显得特别年轻，令志穗心生嫉妒。她是如此优雅，如此美丽。她非常苗条，却又不失沉稳，好似经验十足的女演员。她的声音也是中气十足，听起来分外精神。

她继续说道："你好漂亮啊，也很知性。"

"您过奖了。"

她在夸奖志穗，可志穗总觉得那是绕着弯子的讽刺。她的脸都羞红了。

"你长得的确不错，只是……"老妇人继续说道，"太僵硬了。"

"……"

"你给自己套上了一层硬壳，不愿出来。其实你很害怕男人，一看你的妆容就知道了。亏你长了张好脸皮，真可惜。"

"谁说我怕男人了……"

志穗一时冲动，顶嘴了。她扬起下巴，看着对方。

老妇人含着笑说道："你胆子不大，火气却不小。真可爱。挺有魅力的。"

逆光中的男人们也偷笑起来。他们的视线，依然紧盯着志穗不放。

志穗被"压着打"，毫无招架之力。她也不知道该怎么办才好。在二十多年的人生中，她从没遇见过这样的女人——一看就知道自己敌不过的女人。她们的"厚度"差得实在太多太多了。

"站起来我瞧瞧。"

老妇人的口吻很平静。但她并不是在请求，而是在下命令。

志穗照办了。随后，老妇人又命令道："转一圈。"

志穗也照办了。

"很好——"老妇人心满意足地点点头，"在我看来，你合格了。你很有魅力，也很性感。"

志穗的脸颊又红了。

说她"有魅力"的人还真不少。可从没有人当着她的面说她"性感"。而且，志穗也不觉得自己有多性感。

当着一群男人的面，被人说成"性感尤物"，对志穗而言是奇耻大辱。老妇人的每一个字，都会深深戳入志穗的皮肤。

但老妇人并没有顾忌志穗的想法。

"不好意思，能否请你去隔壁房间等一会儿？"

她又下了命令。

2

志穗来到了隔壁。

环视四周。

这个房间并不大，最多十二三张榻榻米那么大吧。房间的面积不大，装修得却很精致，每个摆设，每个家具，都是第一流的。

小号的水晶吊灯、青瓷花瓶中的玫瑰花、古董餐桌与古董办公桌……屋里应有尽有，就是没有窗户。

另一侧的墙壁上挂着一面硕大的银边大镜子，地上则铺着厚重的酒红色地毯。地毯的绒毛好长好长，足够把拳头埋进去了。

离开小厅后，志穗长舒一口气。她终于摆脱了紧张的束缚，靠在椅背上稍事休息。

——总算到了这一步。

这便是志穗脑中唯一的念头。

请志穗混进来当诱饵的是那矢检察官，但东京地检"刑事部"并没有独立的搜查能力。

倒是拥有搜查权的地检特搜部一直在暗中调查"美食俱乐部"，还打听到他们正在招募"礼仪小姐"。

被害者薄野珠代好像在"美食俱乐部"当过礼仪小姐。

查到这条线索的并非"新宿站西口地下通道杀人事件"搜查本部，亦非"本部事件组"的那矢检察官，而是执着调查的地检特搜部。

这几个月里，薄野珠代和"佐伯人才派遣公司"几乎断了联系。期间，没人知道她去了哪里。她甚至没和娘家人联系过。

由此可见，"美食俱乐部"给的报酬一定很可观。

他们命令薄野珠代严守秘密，而薄野珠代也出色地完成了她的工作。没人知道她在这几个月里去了哪里，又干了些什么。

要不是科搜研使用叠印技术还原了她的照片，警方怕是还查不出新宿站西口地下通道的女尸姓甚名谁呢。

不知道她的身份，就无法查出她与"美食俱乐部"的关联。

　　"美食俱乐部"每两周举行一次聚会。每次聚会的地点都不一样，且与会者仅限会员。

　　地检特搜部一直在搜集聚会地点的垃圾，并对垃圾进行了仔细地检查与分析。

　　当特搜部意识到薄野珠代可能与"美食俱乐部"有关后，他们便再次检查了这些垃圾。功夫不负有心人，他们终于在一张纸巾上查出了薄野珠代的指纹。

　　如此一来，他们总算能用物证将薄野珠代与"美食俱乐部"联系起来了。

　　查案，最忌讳"先入为主"。

　　但特搜部认定——

　　死在中央高速巴士上的"神秘女子"，也该是"美食俱乐部"的礼仪小姐。

　　"神秘女子"的身份至今仍是个谜。这定是因为她被"美食俱乐部"录用之后，与现实世界隔绝了好几个月的缘故。

　　因此，就算她死了，她周围的人也不会察觉到。不，应该这么说——被"美食俱乐部"录用之后，她的周围就没人了。

　　为了证实这套理论，地检特搜部的调查员们绞尽脑汁。

　　但他们无法请警方协助调查。

　　因为"美食俱乐部"的会员中有当过警察厅干部的政治家。一旦联系警方，"特搜部在暗中调查美食俱乐部"的消息便会走漏出去。

在职的总检察长也是"美食俱乐部"的会员，所以"自己人"也未必可信。

万幸的是，负责这起案件的人是最高检察长与东京高等检察厅检察长（也就是远藤茂太），他们与总检察长分属两个派系。所以特搜部才能在总检察长的眼皮底下暗中调查。

调查结果如下：

"美食俱乐部"谨慎到了极点。他们雇佣礼仪小姐时，会通过好几个皮包公司中转。

薄野珠代也是通过底层的皮包公司进入"美食俱乐部"的。

连薄野珠代登记过的人才派遣公司都没有察觉到"美食俱乐部"的小动作，由此可见"美食俱乐部"是何等谨小慎微。

不就是找两个礼仪小姐吗，至于小心成这样吗？

也许他们在招募的不仅仅是"礼仪小姐"。只要会员提出要求，这些礼仪小姐就得宽衣解带——从薄野珠代得到的报酬就能看出，这种可能性非常大。即便如此，"美食俱乐部"的小心程度也着实过火了些。

"美食俱乐部"的会员的确是响当当的各界名人，他们的隐私的确很重要。可什么事儿都讲究个"度"不是吗。

最要命的是，为什么"美食俱乐部"的礼仪小姐都变成了惨不忍睹的尸体？

"美食俱乐部"肯定有问题。

这个问题，一定是个天大的秘密。

比性丑闻严重得多的秘密。

在日本这个国家，没有一个人会强求政治家、高级官僚与财界大腕保持正直的生活作风。

不仅如此，人们还会默认：有钱有权的人，就该有好女人作陪。这也成了日本社会的常识。

高官是很难因为"性丑闻"失势的（当然，演艺界明星就是另一码事了）。为了掩盖区区性丑闻大费周章，未免太不自然了。

"美食俱乐部"是一个极其神秘的俱乐部，这一点毋庸置疑，但也充满了疑点。

"美食俱乐部"肯定有问题。

可它的问题究竟是什么呢？

地检特搜部与"本部事件组"的那矢检察官必须想方设法查出这个"问题"。

特搜部之所以会找上那矢检察官，委托他派出"诱饵"，也是因为他们查出"美食俱乐部"正在招募新的礼仪小姐。

东京地检特搜部中有不少对诱饵搜查的合法性持怀疑态度的检察官。

那他们为什么要特地请志穗出马呢——

因为"美食俱乐部"不仅仅是研究美食与美酒的俱乐部，更是史上最难以撼动的"贪污俱乐部"。

"美食俱乐部"对外宣称其主旨是"将真正的红酒文化普及到全日本"。他们每两周举办一次聚会，政界、财界、司法界的大腕们都会出席。

不难想象，这样的聚会最适合收受贿赂了。

从财界流向政界的资金数不胜数，但"政治捐款"成了行贿受贿者们的绝佳掩护。所以特搜部很难证明一个人真的收受了贿赂。

《政治资金规正法》是一部臭名昭著的"筛子法"，漏洞百出。政治捐款会摇身一变，成为"后援会费"或"赞助费"，捐款人甚至不用向有关部门汇报。

政治家为了筹措资金，会给某个特殊行当的人"行方便"，事成之后，对方自然会提供相应的报酬。这些报酬，便是"政治捐款"。

就算特搜部能查清资金的来源与去向，也无法证明这笔钱的"贿赂性"。只要双方一口咬定那是"政治捐款"，就能把罪名撇得一干二净了。

地检特搜部推测，"美食俱乐部"就是把行贿、受贿过程变得更顺畅、更"合法"的中转站。

"美食俱乐部"这个名字，也体现出了这群人的自负。我们是在享受美食，而不是行贿受贿。

换言之——

若能查明"美食俱乐部"的运作情况，就能破解战后最大规模的贪污受贿案。

地检特搜部认定，解开礼仪小姐的惨死之谜后，他们定能拆穿"美食俱乐部"的真面目——一个官商勾结的温床。

为了达到这个目的，特搜部竭尽全力，想尽办法将志穗送进了"美食俱乐部"！

但东京地检并没有考虑到，在没有警方协助的情况下孤身潜入敌营是何等危险。没人在为志穗担心。

对特搜部和那矢检察官而言，志穗不过是个"弃子"罢了。

没有一个人，会为志穗操心……

——不。

志穗在心中摇头。

至少，小仓检察官是站在她这边的。他担心志穗遭遇危险，不惜劝她推掉这个任务。

如今的志穗孤立无援。可她一想起小仓检察官，心中便会充满力量。

她呆呆地坐在椅子上，回忆最近发生的种种。

她还以为"甄选"已经结束了。

——总算走到了这一步。

她长舒一口气。

她错了。她误会了。

其实，真正的甄选，才刚刚开始……

3 志穗在小房间里耐心等待。

十月末。入夜后，天也不会特别凉。可这个房间竟开了空调。而且，空调的温度设定得很高。

——好热啊。

不到五分钟，志穗便冒汗了。

她环视四周，寻找空调的控制器。可她找了半天，都没能找到。

看来，这里用的是中央空调。

也就是说，她必须继续忍耐。

无可奈何之下，她只得脱掉外套，只剩一件上衣。

她很担心汗水会不会把上衣弄湿，因为屋里真的很热。

这时，有人敲了敲门。

"请进。"

一位老人走进屋里。

他身材消瘦，一头银发，显得非常优雅。

一身白色的西装分外惹眼。只见他推着一辆餐车。

老人微微点头。

他不顾惊讶的志穗，自顾自地将餐车上的菜肴端上了桌。

他的动作毫不拖泥带水。一举一动，都是如此优雅，如此干练。

半打生蚝，还有夏布利白葡萄酒。

志穗并不懂"酒"，但她听说过，夏布利白葡萄酒的口感十分辛辣。

水晶杯下，压着一张便条：

　　我们为你准备了一顿美味佳肴，请你尽情享用。我们想看看你在餐桌上的表现，还请你不要见怪。参加"美食俱乐部"宴会的人都是鼎鼎有名的大人物。用餐，也是甄选的一个环节。

好娟秀的字迹，是用紫色墨水写成的。肯定是那位老妇人写的吧。

老人摆好餐桌之后，用优雅的动作示意志穗上桌。

志穗只得照办。

老人将葡萄酒倒入水晶杯。杯中的美酒分外清透。

酒是冰镇过的。

一看到冰酒，志穗便察觉到——她很渴，屋里太热了，再加上她的情绪很紧张。

倒完酒后，老人鞠了一躬，淡出房间。

"啊，不好意思——"志穗赶忙问道，"能不能请您把空调调低一点？"

老人握着门把手，回头望向志穗。

他脸上的神色，是嘲笑吗？不，不可能。他优雅地点头了。那个动作中，没有任何恶意。是志穗太过神经质了吧。

老人离开了房间。

志穗口渴难耐，便喝了口酒。冰凉的口感，沁人心脾。一喝酒，她就饿了。仔细想来，她傍晚就吃了点三明治。现在都十一点了。期间，她滴水未进。

她将柠檬汁挤在生蚝上，还伸出舌头，舔了舔刚挤过柠檬的手指，再用叉子舀了一口生蚝。她下意识地解开了上衣的一颗扣子，汗水从喉咙口淌到胸口……

她边吃生蚝边喝酒。果然是口感较为辛辣的酒。越喝越渴，越渴越喝，屋里怎么会这么热啊？

——他什么时候能把温度调好啊？

这时，她又听见了敲门声，老人又推着车进来了。

车上放着另一道菜，与另一杯酒。

老人收走了生蚝的盘子，换好酒杯。

"这是蛤蜊酱配香煎鲷鱼——"

老人用深沉的嗓音介绍道，随后便为志穗新倒了一杯酒。

"这是托吉亚诺酒。略带苦味，更显鲷鱼的清淡。"

摆完盘子之后，他再次告退。志穗只得再次请求他调节一下室温。

老人殷勤地点了点头，默默走出房间。

志穗掏出手帕，擦了擦额头上的汗。她下意识地撑开衣领，挽起衣袖。

老妇人说，他们还要考核她的餐桌礼仪。开什么玩笑，房间这么热，再美味的东西也吃不下啊。

好渴，志穗喝个不停。老人说，这种酒略带苦味，但志穗还是觉得它"辣"。越辣，就越能激起食欲。她拿起刀叉，开始享用眼前的鲷鱼。

酒精与热气，让她的意识逐渐朦胧，她甚至开始喘粗气了。

某种肉眼看不见的漩涡在旋转。漩涡，将志穗一点点吸了进去。我这是要往哪儿去啊？志穗怕了。但她心中，也有一丝颠倒错乱的期待。

吃完鲷鱼，放下刀叉后，老人推着车不请自来。他来的时间点也极其精妙。

"这是佛罗伦萨 T 骨牛排。配以蒙达奇诺的布鲁奈罗，可缓和牛排脂肪的腻味，突显肉汁的甘甜——"

"求你了，把温度调低一点吧！"

志穗喘息着请求道。

老人只是殷勤地点头，一言不发。他仍是如此优雅，如此干练。

志穗这才意识到，他打一开始就不打算帮志穗的忙。

怒气涌上心头。我为什么要跑来这种地方做这种事啊？她怒不可遏，抓起餐巾，猛地砸向老人的脸。

"啊……"老人轻喊一声，摇晃了一下。他的脸上，竟闪过一丝——欢喜。那张精致的脸，竟因喜悦而扭曲了。

他的身体微微一动，险些扑倒在志穗脚下。他想跪倒在地，亲吻志穗的脚。虽然他的动作幅度并不大，但志穗还是看出来了。

老人好容易控制住了自己。他捂着被餐巾击中的脸，望向志穗。他的双眼中充满了热情，他是何等亢奋。

志穗不知道自己在想什么，也不敢相信自己做出的事。她心中的恶魔蠢蠢欲动。她下意识地……

双腿并拢，抖掉了脚上的高跟鞋。接着，她微微抬起双腿，将腿伸向老人。

老人视而不见。但他倒酒时的动作已经没有方才那么优雅干练了，他在颤抖。

不久后，老人便离开了房间。他的脚步也是踉踉跄跄。

——他想扑倒在地，亲吻我的双脚。

志穗心中充满了胜利的骄傲。这时，她察觉到了身体的变化。

她疑惑了。我的身体到底怎么了？

春药……

这个词在脑海中掠过。菜里是不是有春药？

然而，现在的志穗失去了追查的气力。她醉了，房间也太热了。在这种状态下，她根本无法集中注意力思考。

回过神来才发现，她的上衣已然完全湿透了。内衣的轮廓展露无遗。

她必须想个办法。可她无能为力，束手无策。

她已浑身无力。

她只能老老实实地吃面前的 T 骨牛排。牛肉的脂肪沾到了嘴唇。可她把餐巾扔出去了，总不能把地上的餐巾捡回来用吧。无可奈何之下，她只能用舌头舔嘴唇，缓缓舔舐，再用红酒把油脂冲下去。

她深知——现在的她，仿佛沉浸在男欢女爱中的女人。她也知道，有人在看她。

那面镜子，是所谓的魔术镜。在镜子的另一头，有好几个人在观察她。她能感觉到那些人的视线。

可知道了又如何？她总不能愤然离席吧。走了，就选不上了。她可不敢冒这个险。

她做梦也没有想到，吃饭的时候被人盯着看，会是一件如此屈辱的事。毕竟人在吃饭时是毫无防备的。

就好像，有人看见了她排泄时的模样一样。

——太难为情了。

然而，那种屈辱感到了志穗心中，竟会被替换成颠倒错乱的快感。这究竟是为什么呢？

志穗正品味着自己心中……不，是所有女人心中都有的，某种奇妙的、颠倒错乱的感觉。

忽然，志穗想到了一丝不挂趴在地上的水树。她的姿势是何等妖娆，连志穗这个女人看了都不禁怦然心动。

——也许……水树也混进了"美食俱乐部"，为了追查杀害广濑的凶手。

这个念头，来得毫无预兆。

志穗并没有证据证明广濑和水树的死与"美食俱乐部"有关。

但她的直觉告诉她，水树混进了"美食俱乐部"。

水树成功进入了"美食俱乐部"，并堕落到了满地乱爬，被人拍下录像带的地步。

那就是等待着志穗的命运。

——天生的被害者！

她下意识地摩擦两条腿。

她湿了。她很担心内裤会不会湿透。

然而志穗逃不了了，她也不打算逃。

广濑，水树，还有远藤慎一郎。一想到他们，志穗便心如刀绞。她怎么能逃呢。

她将展开一场无比残酷，无比危险的诱饵搜查。她已下定决心。

志穗浑身大汗。她继续咀嚼口中的牛排，喝着红酒。她转向镜子，尽可能不把视线转移开。

镜子的另一头，应该有好几个人。他们会透过镜子，屏息凝神地观看志穗上演的色情片（没错，这就是色情片）。

——我不会输的。

志穗凝视着镜子。

她发现，镜中的自己，是如此美丽。

在此之前，她从没意识到自身的美丽……

4

志穗走向了地下停车场。

身体跟灌了铅一样沉重。

她出了好多好多汗。

虚脱感，加上汗水的粘腻。好难受。

离开大楼之前，她特地去了趟洗手间，用手帕沾水擦了擦身上的汗。

但她还是不舒服，她只想快点回去冲个澡。

不过，她要回的不是自己家。

现在的志穗，并不是从东京的大学毕业的特被部诱饵搜查官北见志穗。而是在札幌上的大学，在人才派遣公司登记过，当过临时秘书的近藤志穗。

那矢检察官与地检特搜部凭空创造出了一个叫"近藤志穗"的人。

他们还为这个人准备了户口和简历。

为了不让"美食俱乐部"的人怀疑，他们委托人才派遣公司和近藤志穗任职过的公司，留下了她工作过的痕迹。

还在目白租了公寓，在房产公司留下了假记录，打造出"近藤志穗来到东京后一直住在目白"的假象。

那间屋里的确住过一个姓近藤的女人，只是她平时从不跟街坊邻居打招呼罢了。就算志穗取而代之，也没人会察觉。

那矢检察官他们之所以会准备那么多材料，也是为了防范"美食俱乐部"的调查能力。

"美食俱乐部"与一所超一流的调查机构签订了长期合同。在某些特殊领域，这所机构的调查能力甚至能超过警方。

所以那矢检察官和他的同事们为近藤志穗打造了一份尽可能完美

的简历。可即便如此，他们也无法高枕无忧。

再谨慎的伪装都会有漏洞。千里之堤，毁于蚁穴。到时候，事态就无法收拾了。

这就是那矢检察官最担心的事。

所以，他为志穗准备了一辆车。

那是一辆看似很普通的国产小轿车。

但车里装了无线发信器。

这种发信器俗称"Searcher"或"Beaver"，是一个边长为四厘米的正方形。其中一面设有强磁铁，可紧贴车辆的地盘。

只要志穗还在车上，那矢检察官就能接收到电波，准确找出轿车的位置。

发信器的电够用四十八小时。接收器能接收到三十公里范围内的信号。如果场地开阔，四五十公里外的信号也能接收得到。

刚听说那矢检察官的安排时，志穗还有些不以为然。

——至于吗？

她只得报以苦笑。不过，有辆车开终究是好的。

既然有车，那就用呗。

这栋大楼的地下是停车场，她把车停进来了。

志穗搭乘老式的手动电梯来到地下。

朝小轿车走去。

停车场很空，因为这栋楼很旧吧，照明灯也不是很亮，搞得整个停车场里很是昏暗。

志穗累坏了。

肉体的疲劳自不用说，更要命的是，心理上的疲劳。

她在许多人的注视下吃了一顿饭。方才的屈辱感，仍在心头挥之
不去。

而且，她的酒还没有醒透。

所以……

她的注意力比平时散漫。

她将钥匙插进车门，把门打开。

这时，她才察觉到身后有人。

她下意识地逃进车里。

可惜，为时已晚。

她身后的人伸出双手牢牢抱住了她，另一个人则按住了车门。

志穗本想大声呼救，可按住车门的男子给了志穗一记耳光。

他的攻击，毫不留情。

志穗的大脑"嗡"地一响。双腿也没站稳。背后的人一推，就把
她推上了驾驶席。

她分明听见了笑声，那是她做梦也不会忘记的笑声。他们来了！

回过神来才发现，两个男人一个坐在副驾驶座，另一个则坐进了
后排。

副驾驶座上的男子伸出一只手，肆意揉捏着志穗的胸部，上衣的

扣子都被扯开了。

志穗的双手死死握着方向盘，她的脸也紧贴着方向盘，嘴里有股血腥味。她缓缓抬起头来。后视镜中，是一双布满血丝的眼睛。是一张因绝望而疯狂的女人的脸。

"没想到你会来甄选——"揉着志穗的男子说道，"我们真是没白盯梢啊。"

"你一定是忘不了我们吧。上次的好事儿还没完呢，这次我们一定会好好疼爱你的。"

另一个男子如此说道。他坐在后排，抬起双脚，搁在驾驶座上。

"这个婊子居然会来'美食俱乐部'参加甄选，这到底是怎么回事啊，她可是特被部的诱饵搜查官哎，简直莫名其妙。难道远藤慎一郎真的死了吗？"

副驾驶座上的男子回头望去。

更想回头的是志穗。

看来这两个男人一直在监视刚才的甄选。

但他们应该是"美食俱乐部"的暴力负责人啊，"美食俱乐部"的人为什么要监视"美食俱乐部"的甄选呢？

这才莫名其妙呢。

上次也是，他们上次威胁志穗交代出远藤慎一郎的下落。

他们知道警方在相模湖发现了远藤慎一郎的尸体，但他们在怀疑那具尸体到底是不是远藤慎一郎。他们跟远藤慎一郎到底有什么关系？

不知道的事情实在太多了。

然而，志穗并没有力气去追问。他们一出现，志穗便会全身无力，好似见到毒蛇的老鼠。她会忘记成为诱饵搜查官之前的严格训练，变回一个手无缚鸡之力的弱女子。

抓着方向盘的手也在瑟瑟发抖。

"远藤慎一郎到底死了没有——"

坐在后排的男子将鞋头一转，用脚尖戳了戳志穗的脑袋。

"问问这个婊子不就行了。"

"问了有用吗？她会老实回答吗？"

"不回答就不回答呗。"

"是吗——"副驾驶座上的男人将头转了回来，咯咯直笑，"也是，她不回答，我们还能找点乐子。"

"喂，"后排的男子霸道地喊着，猛踹志穗的头部，"快开车。"

志穗的额头狠狠撞在方向盘上。好疼。但她喊不出来，也无法反抗。老鼠，要如何反抗毒蛇呢。

她将车钥匙缓缓插向钥匙槽。

她的手指抖个不停，半天才把钥匙插进去。

"少磨蹭！"

后排的男子又踹了她一脚。

说时迟那时快——

志穗的脑海中燃起一股白色的怒火。不，那不是愤怒，而是杀意。

我不能让他们继续活在这个世上！

老鼠无法反抗毒蛇——这句话没说错。但老鼠要是能开车，情况就会截然不同。

她猛地转动钥匙，迅速发动引擎。

副驾驶座的男子敏感地察觉到了志穗的用意。他立刻坐直了喊道："喂！等等！"

志穗可等不了。

她一脚油门。

轿车往前冲去。

后排的男子把脚搁在了驾驶座上，趾高气扬。轿车在这种情况下往前冲，后果可想而知。

他的身体掉进了驾驶座和后排之间的空当。他的双脚在空中乱摆，却无法帮助他挣脱困境。

副驾驶座上的男人则一头撞在了仪表板上，鲜血四溅。他的意识也立刻朦胧了。不过，硬汉毕竟是硬汉。他下意识地用手摸到了安全带。

但志穗甩开了他的手，怎么能让这种人用安全带呢。毒蛇，用不着安全带。

她越踩越用力了。

停车场的墙壁离挡风玻璃越来越近了。

男子终于察觉到了志穗的真正用意。"住手！"他大声吼道。

我偏不。

轿车与墙壁激烈碰撞。

驾驶座有气囊，志穗将脸深深地砸了进去。

但副驾驶座并没有装气囊。男子的上半身整个冲了出去，头也穿透了挡风玻璃。碎玻璃切开了他的脖子，鲜血如注。他死了。

后排的男人就没那么痛快了。他在身体没有伸展开的情况下，重重地撞上了车的天花板。咚！揪心的声音传来。他的肋骨怕是断了。之后，他的上半身便落在了副驾驶座上。

志穗的意识仍是一片空白，思维愈发模糊。哗啦，哗啦……某种东西在沸腾。原来，那是太阳穴的血管搏动的声音。志穗只能借着这种声音，将自己的意识一点点拽回来。

志穗将座位往后滑了一些，抬起头来。

原本坐在后排的男人飞到了副驾驶座。靠在同伴的背上——他的同伴，已经一命呜呼了。只见他将一只手搭在仪表板上，另一只手则撑着副驾驶座，想把身体撑起来。见志穗平安无事，他便扯着嗓子哀求道："肋骨……刺穿了我的肺——"

他的声音是如此无力，可他的口气又是如此冷静。

"快叫救护车……"

志穗凝视着他。

她从外套口袋里掏出移动电话。

但她就这么把电话拿在手里，一动不动。

男子的眼神愈发惊恐。

志穗怎么可能帮他叫救护车呢。

男子终于看出，志穗是想见死不救。

男子眼中闪过一丝凶光。他的眼睛变回了凶险的毒蛇似的眼睛。他微微一笑。

"怎么了？是怪我们没好好疼爱你吗？你是想让我们再多疼你一点吗？"

他咳嗽起来，吐出许多血泡。即便如此，他脸上的阴险微笑仍在。他边咳边说道："你是想让我们占有你，舔你的身子吧。我知道，你就是这种女人。你就是想让我们疼你……"

男子哈哈大笑。胸口一片血红。

深不见底的恶意。他在用自己的生命羞辱志穗，他是货真价实的毒蛇。死到临头了，还要释放毒素。

志穗呆呆地望着那个男人。

后视镜中，出现了一群飞奔而来的男人。

他们是地检特搜部的搜查员。

❋

疑惑

1

十月二十七日，星期六——

警视厅搜查一课六组的刑警们正忙着打听法式餐厅"贵腐"的老板——西条。

不过……这项调查工作并没有得到上司的许可。

片区警署的搜查本部被解散了，照理说，搜查一课六组也不用继续调查"新宿站西口地下通道杀人事件"了。

负责跟进这起案件的是片区的警官们，但本案的专属调查员被接连调走。明眼人一看便知，这起案件已陷入瓶颈。

在调查案件的过程中，常会碰上高层施压的情况。

第一线的刑警们自然不爽，但他们也无法冒着触怒上司的风险继续调查。再者，在警察机构中，违抗上司是大忌。

六组的警官们在井原主任的指挥下调查起了那个"西条"。但他们的调查工作只能持续一天。他们的努力，终究是无谓的抵抗。

在这硕大的东京，凶案接连不断。警视厅搜查一课（重案组）的警官们没有余力死死追查已经告一段落的案子。

即便如此，六组的警官们还是带回了有关西条的情报。

不，应该说……"没有情报"就是最大的情报。

西条貌似是个品酒师，他是个红酒专家。他在四谷租了栋楼，开了家叫"贵腐"的法式餐厅……令人惊讶的是，这就是警方目前掌握的全部线索。

警方也没有找到在"贵腐"工作的员工。照理说进货的工作会由厨师负责，可警官们压根就找不到那个厨师。

不仅如此。他们也找不到给"贵腐"装修的人，或是为"贵腐"提供家具的人。"贵腐"没有在当地的银行留下任何交易记录。

"贵腐"有营业执照，但当地保健所的员工都没有为"贵腐"办理过手续。相关部门留有"贵腐"的许可记录，可申请表上的信息全是假的。

水电煤和各项税费都是直接从银行账户扣除的。可那个账户的开户人，也是个不存在的人。

最令人难以置信的是，无论警官们如何打听，都没能找到进过那家餐厅的人。因为，那是一家"会员制"餐厅。

真会有这么神秘的餐厅吗？

"贵腐"就在那儿，却又不在那儿。它是一家幽灵餐厅……

真有"品酒师西条"这么个人吗？警官们甚至对此产生了疑问。

但井原还是盯着西条不放——

因为，有些品酒师会用军刀砍掉香槟的"头"。

当然，"砍头"是表演的一部分。正常品酒师用的军刀都是没开过刃的。

可是——要是世界上真有一个变态品酒师，而他又把军刀磨光了，那他不就能趁观众不注意，一刀割破观众的喉咙了吗？

受害者们怕是都不知道自己是怎么死的。

所以——就算品酒师西条是个如幽灵般神出鬼没，没有现实感的人物，井原也得把他揪出来。

没时间了。

当六组的组长察觉到部下的小动作时，警官们的调查就会戛然而止。

井原必须加快动作。

在现实中接触过"西条"的人，唯有房产公司的员工。

当天下午，井原将那位员工请去了鉴识课，让他帮忙拼个图……

鉴识课会用四台幻灯机，打出不同形状的眼、鼻、口、耳，每个器官大概十二到二十四种。

根据目击者的描述,将最像的五官拼起来,便成了嫌疑人的"拼图"。

不过……房产公司的员工只见过西条三次。一次是看房的时候,另一次则是签合同的时候。第三次是在四谷站的惊鸿一瞥。

西条总是戴着深色墨镜,低着头,连说话的声音都很低。他明显是不想让对方记住自己的长相。

所以井原也不指望拼图能发挥出多大的作用。

他对三名被害者肩部的刺青更感兴趣。

这次的凶手,喜欢在被害者身上留刺青。真是难以置信。

刺青好似红酒标签,记录了女人的名字、年龄与出生地。而且他还请专家伪造了与刺青一模一样的陈年红酒标签。从这个角度看,他也算是个偏执狂了。

"莫名其妙……一点儿头绪都没有。这个凶手的确很变态。但他再变态,也不用为了满足自己的欲望费这么多功夫吧……"

一名警官如此感叹,其他警官也有同感。

他们唯一确定的是,"刺青"是非常重要的线索。

首都圈的刺青师并不多,可以逐个击破。

只要联系各个片区警署,让他们帮忙筛查刺青师,定能找到给被害者做刺青的人。

"刺青师"这条线索比人像拼图可靠多了。井原也把希望寄托在了刺青上,谁知……

2

他们的时间的确有限。

照理说，不负责本案的刑警是不能擅自查案的。

即便如此，井原还是想拼到最后。

——为何案情迟迟没有进展？因为案发现场分散在多个辖区，而片区警署各自为政，没有通力合作……

井原必须在有限的时间里，集结分散在各个搜查本部的情报，并将这些情报整合起来。

本厅搜查一课的刑警与片区警署的刑警有一种极其微妙的关系。本厅搜查一课的内部也团结不到哪儿去，组与组之间的竞争非常激烈，不同组的刑警也不会相互配合。

但这次的连环杀人案比较特殊。搜查本部接连解散，第一线的刑警们都憋着一口气。

井原先联系了神奈川县警。

他在电话中得知，检查过远藤慎一郎尸体的验尸官正好有事要来东京。太走运了。

他与验尸官约了当天下午见面。

早濑水树的案子由搜查一课的另一个小组负责，搜查本部原本设在八王子警署。

　　无奈这个搜查本部也被解散了。好在这个小组的主任（他的级别也是警部补）跟井原在食堂接了个头，暗中交换了情报。

　　这位主任名叫伏见——

　　比井原大两岁，今年三十八。

　　"被害者的遗体交给 T 大的楠木教授解剖了。她的心脏血呈暗红色，且有流动性，由此可见，她的确是被人勒死的，"伏见把头凑了过来，低声说道，"我跟楠木教授说，被害者死在了中央高速公路小佛隧道的车里，是个三重密室。结果楠木教授回了我一句，'那岂不是《黄色房间的秘密》^①吗？'……"

　　"黄色房间的秘密？那是什么玩意儿？"

　　井原皱起眉头。

　　"貌似是一本老悬疑小说的名字。"

　　"悬疑小说？饶了我吧，法医学教授要是悬疑迷可怎么玩儿啊。"

　　"我起初也是这么想的。可我仔细一问啊，发现他说的还挺有道理的。你先耐心听我说呗——"伏见把脸凑得更近了，"楠木老师的

---

① 原题为 *Le Mystère de la chambre jaune*，是法国作家卡斯顿·勒鲁的作品，本书是推理史上第一部密室杀人长篇经典，被誉为"不可模仿、不可超越的推理小说杰作"。日本推理文坛泰斗横沟正史在《本阵杀人事件》中称其为"永远的杰作"。书中的不可能犯罪极具想象力和创造力，开创了密室犯罪的先河，对后世作品影响深远。阿加莎·克里斯蒂第一部小说的灵感也源于此。

意思是，被害者遇害的时间，也许比我们认定的案发时间要早。也就是说，小佛隧道并不是什么密室。只是好几个巧合凑到了一块儿，导致我们误会了被害者的遇害事件，于是密室就凭空出现了。"

"哈？楠木教授行不行啊？被害者不是被勒死的吗？遇害时间怎么可能出错呢？"

"楠木老师觉得啊，被害者被勒的时间，比目击者发现尸体的时间要早得多。"

"啊？怎么可能啊。这也太荒唐了吧。一个被勒死的人会自个儿开车跑到中央高速公路去吗？"

"你有没有听说过'延迟性窒息'啊？"

"延迟？没听说过。"

"我也没听说过。可楠木教授说，有些被勒死的人是在脖子被勒的一小时到一个半小时后窒息而死的。只是这种情况比较罕见罢了。"

"被勒的一小时后？"井原嗤之以鼻，"教授没开玩笑吧？"

"还真没开玩笑。颈部被勒之后，进入身体的氧气就会变少。而且这种损伤是很难恢复的。渐渐地，被害者就会陷入缺氧的状态，最终窒息而死。楠木老师认为，这次的被害者就出现了这种罕见的情况。"

"那种现象就叫……延迟性——"

"嗯，延迟性窒息。"

"也就是说，被害者是上车前被勒的喽？她没当场死亡，但在开车过程中逐渐缺氧，最后就窒息了……"

"我觉得啊，老师的分析还是有那么几分道理的。否则我们就没法解开密室之谜了啊。死者的脖子上有勒痕，楠木老师也没有足够的证据证明她的情况的确是'延迟性窒息'。反正啊，好几个巧合凑到一块儿，就成了这次的密室杀人案，"伏见得意扬扬地动了动鼻子，问道，"你觉得呢？"

井原陷入沉思。

没被当场掐死的被害者，在一小时到一个半小时后窒息而死。世上真有如此奇妙的事？简直难以置信。可楠木教授是 T 大的法医学权威，他可不会在这种原则性问题上胡扯。

延迟性窒息死——如果世界上真有这种现象，那它也许会成为解开"密室"的唯一一把钥匙。然而……

井原无法轻易认同楠木教授的观点。

"很遗憾，楠木教授的理论站不住脚啊。你跟楠木教授都忘了——当时被害者惨叫了一声。一个因为什么'延迟性窒息'死亡的人，怎么会在临死前惨叫呢？如果她要求救，为什么不早点呼救啊？高速上正堵着呢，她直接冲下车也行啊。要不是有人勒她，她干吗要惨叫呢？"

"我没忘啊，我也不敢完全认同楠木老师的意见，所以才没有在搜查会议上发言。要是我真提了《黄色房间的秘密》，天知道组长会怎么训我呢——"伏见顶着张苦瓜脸，扫视四周后，把脸凑得更近了，"你还是小心点为好。地检那儿貌似有些动静。而且在采取行动的不光是刑事部，还有特搜部……"

"特搜部吗……"

井原立刻联想到了"美食俱乐部"。

据说所谓的"美食俱乐部"其实是个贪污俱乐部。会员们以"政治捐款"为名，堂而皇之地收受贿赂。每次聚会，都有无数利权在水面下涌动。

在众议院预算委员会的会议上，一位议员对"搜查本部太多"提出了质疑，勒令警方整改，美其名曰"行政改革的一环"。这位议员，正是"美食俱乐部"的成员。

由此可见，这一系列的案件背后定有"美食俱乐部"作祟。如果世界上真有一个能告发"美食俱乐部"的组织，那它一定是东京地检特搜部。

然而，就算"美食俱乐部"的会员权力滔天，他们也不敢接连杀害无辜的女性吧。

无论从哪个角度切入，都无法直接将"美食俱乐部"与丧命的女人们联系起来。

"美食俱乐部"的权力没有那么脆弱，他们不需要靠杀人来保证自己的权威。

"不过啊——"伏见忽然露出一副无力的表情，感叹道，"特搜部的行动也有股火药味儿。检察厅里也是一群俗人，也有派系斗争的嘛。总检察长也是'美食俱乐部'的会员，这事儿你总归知道的吧？他找了个同在'美食俱乐部'的保守党议员拉关系，准备参加下一届选举来着。当上法务大臣或自治大臣不过是个时间问题。"

"……"

"警察厅还是偏向总检察长这边的，所以警察厅会立刻屈服于'美食俱乐部'的压力。但检察厅内部也有看不惯这种事的人。他们在暗中操纵特搜部，想给'美食俱乐部'来个致命一击。"

"这就是政治啊。传说中的'争权夺利'嘛。"

井原心中五味杂陈。

任第一线的刑警们如何扼腕叹息也无用，政治一旦介入搜查，司法正义就很难得到实现了。

"我听说啊，昨天晚上东京某处发生了一起交通事故，死了两个人。地检特搜部出面把这事儿压下去了——"伏见苦笑道，"事情到了这个地步，'美食俱乐部'跟地检特搜部其实也是半斤八两。你说得一点儿没错，这就是所谓的'争权夺利'。唉……我们这些小喽啰啊，还是点头哈腰，继续装傻为好。反正我们也无力回天啊。你啊，也不要当出头鸟了，当心惹祸上身哦。不是我说什么哈，你们组的组长，也不是那种关键时刻会为部下挺身而出的人吧？"

"岂止啊，"井原也苦笑道，"他可是头一个跳进战壕，站在部下背后开枪的人好不好。"

3

　　井原挥别伏见，回到了搜查一课。

　　一见到井原，一位六组的刑警便使了个颜色，溜出了办公室。

　　井原跟上。

　　原来六组的刑警们都站在走廊里，所有人都装出一副在遛弯的样子，但他们浑身上下都散发着紧张的气味。

　　除了刑警，走廊上还有一个陌生人。

　　他正是神奈川县警的验尸官。

　　是他检查了相模湖的浮尸。

　　"刺青那边没戏。我们没找到在女人肩上刺过红酒标签的刺青师。当然，要是刺青师在撒谎，那就是另一码事了，但负责调查的刑警都没看出他们有撒谎的迹象——"其中一位刑警轻声说道，"不过人像拼图那儿倒是有个很耐人寻味的发现。"

　　"哦？"

　　井原望向刑警。

　　验尸官清了清嗓子说道：

"想必各位也知道，相模湖的浮尸只有很小一部分，而且我们发现时，尸体已经高度腐败了。就算是血肉至亲，也很难判断尸体的身份。可死者的父亲远藤茂太竟当场断定，那就是他儿子的尸体，而且他还是靠耳朵的形状确认的——"

"耳朵的形状？"

"每个人的耳朵都不一样。远藤茂太说，那就是他儿子的耳朵，绝对没错。我才疏学浅，不知道还能靠耳朵认人，刚听他说完啊，我还暗自感慨'高等检察厅的检察长就是不一样'呢。事后，我又对比了一下尸体的耳朵和远藤慎一郎的照片，发现死者的耳朵的确很特别，而且尸体的面部轮廓也和远藤慎一郎的很像，所以我就断定，那具尸体的确是远藤慎一郎——"验尸官吞了口唾沫，喉结一上一下，"可你们刚给我看了那个叫西条的家伙的拼图不是吗？我发现西条的耳朵跟遗体的也很像。不对，应该说是'完全一样'。目击者看到西条时，西条戴着墨镜，再加上拼图本身的可信度也不高，但我感觉啊，这个西条和死者还挺像的。"

"……"

"仔细想来，远藤茂太为什么拒绝我们警方解剖遗体呢？这也非常可疑啊。当然，我们只发现了遗体的一小部分，再加上遗体腐败得很严重，解剖了怕是也没用。再加上死者的父亲是高等检察厅的检察长，警方总有顾虑，所以我们最后还是没有做解剖。可反过来想想，他身为检察长，难道不应该以身作则，让警方检查一下，以示公正吗？

反正我觉得这事儿挺可疑的……"

在场的刑警们都一言不发。

验尸官的弦外之音是,相模湖的死尸也许不是远藤慎一郎,而是那个西条,而且远藤茂太很有可能知情。

也就是说——

验尸官大有告发高等检察厅检察长的意思。

搜查一课六组的刑警没一个软脚虾,可事关重大,他们也不敢随便发表意见。

"可……指纹……"过了半晌,终于有一名刑警开口问道,"指纹不是对上了吗?"

"不,"井原摇头道,"我们能确定的是'在远藤家采集到的指纹与遗体的指纹吻合'。因为那组指纹的数量很多,于是鉴识课就认定那是远藤慎一郎的了。但没人能保证那些指纹就一定是远藤慎一郎的啊。"

"鉴识课没有对比齿形吗?"另一位刑警问道,可他随即回答了自己的问题,"啊……遗体的面部损伤得非常严重是吧。所以鉴识课没法比对……"

"遗体的血型和远藤慎一郎一样,都是 A 型分泌型。可血型一样的人多了去了。早知如此,就应该把头骨送去科搜研复原的。这下可好,遗体都被火化了,片区警署只保留了头盖骨的照片,但光有照片还不够啊。是我们疏忽了——"

验尸官紧咬下唇。

他也是一位迫于压力，不得不中止搜查的警官。

心中的不甘，正是井原所率领的六组、伏见和验尸官的共同点。

"如果相模湖的浮尸是那个西条，那就意味着……有人杀了西条不是吗？"

一位刑警喃喃道。但他很清楚西条为什么会死，以及，是谁杀死了西条。

为什么远藤茂太要谎称浮尸是他的儿子？只要稍作思考，答案便会浮出水面。

——远藤茂太早已发现，亲生儿子是个杀人犯。

亲生儿子——远藤慎一郎。

远藤茂太也是检察厅的人。

常在河边走，哪有不湿鞋。恐怕他也和阴险的权力斗争有着千丝万缕的联系。

西条极有可能与"美食俱乐部"有关。

远藤慎一郎杀害西条的原因，兴许就是"检察厅内部的权力斗争"。

忽然，井原想起了伏见的推论（准确地说，是法医学家楠木教授的推论）——早濑水树死于延迟性窒息。

刚听到这话时，井原立刻反驳道：水树临死前惨叫过，如果是延迟性窒息，那她何必惨叫呢。

可水树是特被部的诱饵搜查官。如果动手杀她的人，就是特被部的部长呢？——如果，这就是水树不得不惨叫的原因呢？

井原还不清楚这个"原因"到底是什么，反正……水树之所以惨叫，肯定有她的原因……

井原抬起头来，望向验尸官。他也察觉到，自己的表情极其僵硬。

远藤慎一郎在警视厅呼风唤雨，有众多忠实的崇拜者。正因为如此，这位犯罪心理学权威才能创立特被部。

而他的父亲远藤茂太，则是高等检察厅的检察长。

"老子作伪证，小子是杀人犯"——对在职的警部补而言，告发这对父子无异于自杀。

表情僵硬，也是理所当然。

"您刚才是不是说，你们验过死者的血型啊——"井原的嗓子都快冒火了，"那……你们应该也能做 DNA 鉴定的吧？"

山梨县，胜沼町——

此处是日本红酒酿造业的发源地，也是全国数一数二的红酒产地。

早在明治十年，"大日本山梨葡萄酒会社"就在此地宣告成立了。它的基业由 Mercian① 公司一脉相承。

在 Mercian 胜沼酒窖附近，有一座红酒资料馆。

资料馆是一栋四面涂抹灰泥的房屋，屋顶上铺着瓦片，显得很是

---

① 综合酒类生产商。

端庄。

屋里摆放着许多大号酒桶，还有法国酿酒工具的复制品，如葡萄粉碎机、榨汁机等等。明治十年，两名青年为了学习红酒酿造知识远赴法国，而展馆中也有关于这两名青年的资料。

两位中年男子在红酒资料馆中闲庭信步。

一个是当地人，另一个……貌似是游客。

"在明治时期，日本最关注红酒酿造业的人就是前田正名^①了。当时大久保利通^②正好在力推'殖产兴业'^③政策，所以前田就派了两个学生去法国学习，还设立了播州^④葡萄园，做了不少实事——"当地人热情地介绍着当地的酿酒史，"听说早在明治十年，八王子那边就有专业的酒窖了。不过胜沼的'大日本山梨葡萄酒会社'太有名，所以很少有人关注八王子的酒窖。听说那个酒窖很快就倒闭了，也不知道现在是个什么情况。"

---

① 前田正名（1921—1984），日本历史地理学专家，曾参加《亚洲历史事典》《宗教社会史研究》的编写工作。论著有《东洋历史地理研究》《陕西横山历史地理学研究》《河西历史地理学研究》《东亚史概论》《平城历史地理学研究》等。其著述丰富、治学严谨，曾到中国河西走廊进行考察，对中国历史地理研究和中日文化交流做出重大贡献。
② 大久保利通（1830—1878），幼名正助，号甲东，后改名利通。生于日本萨摩藩（今鹿儿岛），原为武士，日本明治维新的第一政治家，号称东洋的俾斯麦。为了改革翻云覆雨，铁血无情，不论敌友，挡在他前进道路上的只能是灰飞烟灭。他最后被民权志士刺杀身亡，但也成就了明治维新的成功。
③ 殖产兴业是日本在明治维新时期提出的三大政策之一。明治政府实行殖产兴业政策的具体内容就是运用国家政权的力量，以各种政策为杠杆，用国库资金来加速资本原始积累过程，并且以国营军工企业为主导，按照西方的样板，大力扶植日本资本主义的成长。
④ 旧国名，相当于现在日本的兵库县西南部。

游客心不在焉地听着，一脸百无聊赖的表情。

两人离开红酒资料馆后，渡过一条名叫日川的河，朝胜沼町旗下的葡萄田走去。

放眼望去，漫山遍野尽是葡萄架。还有酒窖呢。

游客不停地按下快门。他对其中一个酒窖特别感兴趣，连拍了好几张。

那座酒窖酿造的红酒不对外销售。酒窖的门上写着"美食俱乐部酒窖"的字样。没错，那是"美食俱乐部"的酒窖。

这名游客可不是普通的游客，他是东京地检特搜部的搜查员。和他同行的当地人则是片区警署的刑警。特搜部暗中联系了片区警署，请他们协助调查……

❄

DNA 鉴定

1

十月二十八日，星期天——

下午。袴田来到了特被部。

特被部的办公室里空无一人。

广濑和水树遇害了。远藤慎一郎也死了（要么就是失踪了），连志穗都杳无音讯……特被部已溃不成军。

即便如此，柳濑君江还是会每天来到办公室等着。但今天是星期天，她不会来上班。

袴田打开特被部的房门后，呆立片刻。

他是个无能的刑警，曾在各个片区警署颠沛流离，从没在一个地方停留过两年以上。

说他是"无根草"还算是好听的。无论他身在何处，他都会感觉到异乎寻常的孤独。没有一个片区警署能让他产生"家"的感觉。

特被部理应如此。袴田本以为，就算特被部关门大吉了，他也不会伤心寂寞。

然而，当他亲眼看到这空空如也的办公室时，他的心却被寂寞所笼罩。

特被部怕是熬不过年关了。听说到了十一月，上头就会正式下令。

袴田竟一反常态，老老实实地承认——

好冷清啊。

不过……他也希望今天的特被部没人守着。所以他才会特地选星期天来。他不想让柳濑君江看到他准备做的事。

今天早上，搜查一课六组的井原主任给他打了个电话。

井原道出了一个惊天秘密。

他们怀疑，相模湖的浮尸并不是远藤慎一郎，而是西条介。

不过他们做出如此推论的依据是，西条的拼图与死者很像。尤其是——拼图的耳朵。

然而——

远藤慎一郎为了赶上神秘女子坐上的高速巴士，特地乘坐 JR 中央线来到八王子站。在那之后，就再也没有人见过他的踪影了。之后，他就成了相模湖中的浮尸……

袴田总觉得这件事略有蹊跷，恐怕井原也有同感。

该怎么表达才好呢……就好像这一系列的动作，都是某人故意为之一样。

远藤慎一郎的确是犯罪心理学的权威，但他从不会亲自来到搜查现场。

远藤慎一郎的兴趣点在"搜集研究数据"上。至于犯人有没有被抓住，他根本无所谓。

谁知，那天他竟一反常态，特地跑来到新宿站西口地下通道来了。这本身就是怪是一桩。

"为了追上中央高速巴士乘坐 JR 中央线"——这个动作也很不自然。

远藤何必亲自出马？那天有许多警官分散在西口地下通道的各个位置不是吗？要是来不及联系其他警官，也能直接联系八王子的警署，让他们派人追踪啊。

最不自然的，莫过于"在八王子车站的小卖部用一张一万大钞买十张电话卡"了。

他的每一个动作，都很做作。

——相模湖的浮尸真是远藤慎一郎吗？

袴田早就开始怀疑了。

但前去认尸的志穗称，遗体的容貌的确与远藤慎一郎有几分相像。

再加上鉴识课认定"死者的指纹和远藤慎一郎的完全吻合"……
袴田只得接受事实。

2

可现在——

井原却说，那具浮尸可能是西条。听到这话，袴田就更是满腹狐
疑了。

首先：西条到底是什么人？

西条请专家伪造了神似红酒标签的女体标签。据袴田所知，有些
品酒师会用军刀砍开香槟的瓶口。

薄野珠代，拿着红酒的神秘女子——这两个人遇害时都没有反抗。
她们的脖子是被日本刀或是柴刀那样有一定重量的刀具（军刀就很符
合这项条件）割开的。她们之所以毫无戒心，正是因为行凶的品酒师
是在"表演"不是吗？

换言之，西条就是杀死她们的真凶。

然而，就算三名女被害者真的死在了西条这个变态手上，可特被
部的广濑呢？他为什么会死呢？

疑问不仅于此。

　　西条与"美食俱乐部"有什么关系？他和远藤慎一郎又有什么关系？如果浮尸是西条，那他是自杀的，还是他杀的？还是说，他遇上了不幸的事故？

　　最关键的是——

　　如果西条是被人杀死的，那么，杀死他的凶手到底是谁？

　　掠过脑海的种种疑问，叫袴田周身一颤。

　　如果相模湖的浮尸不是远藤慎一郎，而是西条，那杀死西条的人就是……

　　袴田的脑海中，浮现出一个名字。

　　井原还把水树的死因——延迟性窒息告诉了袴田。

　　人居然会在被勒的一小时后窒息而死——这事儿听起来荒诞无稽，但现实中真有这种情况。

　　负责解剖水树的楠木教授认为，她极有可能因延迟性窒息而死。

　　如果事实真是如此，那水树为什么要在临死前惨叫一声呢？——如果真凶真是袴田想到的那个人，那水树惨叫的疑问就能迎刃而解了。

　　然而——

　　袴田立刻打消了脑海中的怀疑。现在得出结论，还为时尚早。

　　在下定论之前，必须确认相模湖的浮尸到底是不是远藤慎一郎。

　　袴田走向了远藤的办公桌。

　　桌上，放着一个烟灰缸。

　　里头有三四个烟蒂。

袴田用镊子夹起烟蒂，放进他随身带来的塑料袋。

这是远藤留下的烟蒂。

柳濑君江素来爱干净。她之所以没把烟蒂清理掉，也是为了在特被部关门大吉之前，保留一点有关远藤的回忆吧。

柳濑君江一向大大咧咧，可她也有如此感性的一面。

袴田要这些烟蒂作甚？实不相瞒，是井原派他来的。

所以袴田才会特地在没人上班的星期天造访特被部。

神奈川县警给浮尸做过血液鉴定，所以鉴识课还保留着浮尸的血样。

有血样，就能做 DNA 鉴定。

用远藤慎一郎的 DNA 比对一下，就能确定浮尸到底是不是远藤慎一郎本人了。

烟蒂上有唾液。人们能通过唾液验出一个人的血型，但唾液本身并不能用来做 DNA 鉴定。好在口腔内膜细胞是人体最容易剥落的一种细胞，而内膜细胞常会混在唾液中，附着在烟蒂上。有了内膜细胞，就能检验 DNA 了。

袴田在离开特被部之前，再次环视四周。

恐怕，这是他最后一次来特被部的办公室了。

忧愁与感伤，让他的心隐隐作痛。

然而，袴田无暇感伤。他也不喜欢沉浸在感伤中的自己。

他离开了特被部的办公室。

井原在大楼外等他。

烟蒂将被送往科警研 ① 的法医第二研究室。研究员们放弃了宝贵的休息天，主动帮忙做 DNA 鉴定。

但求烟蒂上还留有远藤慎一郎的细胞。

要是有——

明天，就会有比对结果了。

3

第二天。十月二十九日，星期一。

袴田来到了 JR 四谷站。

一眨眼的工夫，二十天过去了。

十月九日，广濑遇害，远藤失踪——

有人目击到西条介在四谷站坐上了前往新宿、立川、高尾的中央线电车。

据说，当时已过下午两点半。

时刻表显示，开往新宿方向的快速列车是两点三十五分、三十七分、四十一分、四十五分发车。

从四谷到新宿，大概是五分钟左右。

---

① 科学警察研究所的简称。

同一天，远藤慎一郎为了追上神秘女子坐的中央高速巴士，也坐上了三点二十三分从新宿出发的中央线列车（立川、高尾方向）。

换言之，西条与远藤有足够的时间在中央线站台上碰面。

如果他们不是在新宿遇上的，那就是在八王子见的面。

四点左右——

远藤慎一郎在八王子站的小卖部用一张一万大钞买了十张电话卡。

小卖部店员的记忆很模糊。他只记得，远藤慎一郎不是一个人。

与远藤同行的人，就是西条吧。

店员说，那个男人的年纪跟远藤差不多，而且他的个子也很高大。

从人像拼图看，西条和远藤的确有几分相像。

远藤慎一郎之所以用一万大钞买电话卡，也是为了让店员记住他。

他为什么要这么做呢？

莫非，远藤杀死了和他长得很像的西条，还让西条当了自己的替身？

为了装死，远藤必须让旁人记住"他曾经去过八王子站"。

他为什么要装死呢？不知道。他是怎么装死的呢？不知道。

但袴田坚信相模湖的浮尸不是远藤，而是西条。如果事实真是如此，那杀死西条的人就一定是远藤慎一郎。

袴田不讨厌远藤，也不喜欢远藤。

远藤是人们口中的天才，他跟袴田是两种截然不同的人，所以袴田对远藤也没有好恶之情。

远藤是袴田的上司，但他们极少交谈。

袴田不讨厌他，也不喜欢他。实不相瞒，真让袴田和远藤打交道，袴田定会不知所措。

可……一想到远藤可能是个杀人犯，袴田就坐不住了。

袴田不是什么正义之士。除非情势所迫，他绝不会去告发上司。他压根就不相信"正义"这两个字。

他并不想揭发远藤的罪行。他只是想帮志穗罢了。谁知帮着帮着，就走到了今天这一步。他也无可奈何。

袴田从没见过比远藤更优秀、更聪明的人。如此厉害的远藤竟会动手杀人……他一定有他的苦衷。

一想到这儿，袴田便对远藤产生了同情。

可是——

袴田很懒惰，很不负责任，可他终究是个刑警。一旦开始调查，就得一查到底。

为了验证自己的推理，他特地坐中央线从JR四谷站来到了新宿站。

下车后，他又走去了西口地下通道。十月九日，"新宿站西口地下通道杀人事件"搜查本部的警官们在通道的各处紧盯手持红酒的神秘女子。

谁知……广濑在执行公务时遇害，远藤也失踪了。而警方紧盯的对象——神秘女子则成了一具死尸。事情的始末，都是志穗讲给袴田听的。

但袴田一直没来案发现场看过。

机会难得，何不亲眼瞧瞧。

从 JR 西出站口离开车站，绕过转盘，沿着地下通道，朝都厅方向走去。

半路上，有个公用电话亭。

袴田看了看表。

DNA 鉴定的结果快出来了。

他走去电话亭，给井原打了个电话。

"啊，是你啊——"

井原的声音很是没精打采。

"怎么了？ DNA 鉴定的结果出来了没？"

"嗯，出来了。烟蒂上有远藤的细胞，足够做 DNA 鉴定了。"

"怎么样？是不是不吻合啊？"

"为保险起见，法医第二研究室用三种不同的方法做了检查。他们给我解释了三种方法的不同之处，但我也听不懂——"

"然后呢？"

"结果是——相模湖的浮尸极有可能是远藤。"

"……"

"DNA 鉴定技术还不是很成熟，没有百分百的把握。但研究员说，两种 DNA 吻合的可能性非常高。他们用某种试剂验了什么第六染色体的 DNA，结果试剂呈现出的颜色是一样的。电泳的测试结果也几乎一致。为保险起见，他们还做了十一号染色体的鉴定，结果也是一致的。总而言之，浮尸是远藤慎一郎的可能性很高。"

井原的声音里满是不快。不难想象，他是何等失望。

"可……这……"袴田懵了。他的推理分崩离析，碎了一地。"DNA 鉴定不是百分百准确的吧？他们只是说'浮尸很有可能是远藤'，也许是他们验的那几条染色体碰巧一样呢？有时连法院都不会采纳 DNA 鉴定结果不是吗？"

"你忘了吗？浮尸和远藤的血型也是一致的，两者都是 A 型血。"

"……"

"科警研的研究员说，两个不同的人出现这种情况的概率是几千分之一。这不可能是个巧合。"

"……"

"也就是说，相模湖的浮尸就是远藤——"

井原越说越怒，他气的是被错误的推理误导的自己。

"袴田警官，情况越来越不妙了。组长已经发现了我们的小动作。上头还在施压呢，他也不能装傻啊。"

"……"

"就是这么回事。那我先挂了——"

井原没好气地挂了电话。

井原平素冷淡，但他绝不是不讲礼貌的粗人。他肯定有无法继续打电话的难处。

袴田呆呆地把听筒放回原处。

——这到底是怎么回事？

还能是怎么回事啊。井原又不会骗他。看来相模湖的浮尸就是远藤了。袴田和井原都搞错了查案的方向。

袴田晕晕乎乎地走了起来。忽然，他停下了。

他的双眼猛地睁开。

地下通道里有一条自动栈道。

一个手持红酒的女人，站在自动栈道靠近都厅那边的终点。

那个女人——竟是志穗。

——志穗怎么会出现在这儿？她为什么要拿着瓶红酒？

袴田下意识地朝志穗冲去。

"不行——"

说时迟那时快，一个男子从袴田背后冲了出来。

来人杀气腾腾。

袴田眨了眨眼。

因为，来人很眼熟。

他是东京地检刑事部的年轻检察官。

他的名字是——

"不行！别碍事！"

小仓检察官如此说道。

❄

开小灶

1

下午两点五十分——

志穗在自动栈道的终点旁等候着。

她也不知道她在等待着什么。只是在甄选结束之后，那位老妇人吩咐她在周一下午来到自动栈道旁边等候。

老妇人还明确指定了志穗的着装。

亮蓝色的紧身西装，白色外套，涂红色指甲油，手上拿一瓶红酒当记号……

换言之，志穗的打扮和那天的"神秘女子"一模一样。等待的位置也一样，是自动栈道都厅那一侧的终点——每个细节都一样。

警方还没查出"神秘女子"的身份。

志穗参加了"美食俱乐部"的"礼仪小姐甄选会"。在甄选的过程中，"美食俱乐部"谨小慎微，简直神经质到了极点。

这不，薄野珠代从没跟周围人提起过"美食俱乐部"的事。

所以警方至今没能查清"神秘女子"的身份。

要不是那通打去特搜部的匿名电话，警方怕是连薄野珠代的身份都查不出来吧。

神秘女子，依然是个谜。

但从种种蛛丝马迹判断，她应该也通过了"美食俱乐部"的甄选（就像现在的志穗那样）。若不是这样，她就不会等在地下通道了。

——她跟现在的我一样。

——不，不对！

志穗在心中摇头。

她们并非完全一样，神秘女子不是戴着深色墨镜吗？

——为什么她要戴墨镜呢？

墨镜事小，可志穗就是放心不下。

那位老妇人给出了非常详细的着装要求，连指甲油的颜色都得照她说的办。接受命令的人又怎么敢自作主张戴墨镜呢？如果她戴了，那就意味着是老妇人命令她戴的。可老妇人为什么不让志穗戴呢？她们的穿着打扮明明是如此相似……

连等待的地点都一样。

自动栈道都厅侧的终点，西口地下通道到此为止。

地下通道直接通向地面，与摩天大楼林立的中央大道相连，再走两步，就是东京都厅了……

那天，"神秘女子"（跟志穗一样）就站在这里，等待着什么。

——我到底在等什么呢？

志穗很是疑惑。

时间到了，自然会有人跟你说话，你照着他说的办即可——老妇人是这么跟志穗说的。这倒是合情合理，没什么问题。

可那天并没有人跟神秘女子搭话。她一个人等了一会儿，又一个人走开了。

她是在下午三点走开的。

莫非，三点一到，就会有事发生？

现在，正好是三点——

志穗的视线一动。

她忽然明白了——明白了神秘女子在等待的东西。

好几个人在志穗面前走上了自动栈道。这里已经不是"终点"了——不经意间，这里变成了自动栈道的起点。

自动栈道旁边有一块告示牌。

从上午七点到下午三点，自动栈道的移动方向是"车站→都厅"，可下午三点到晚上十点，传送带的方向就会倒过来。

也难怪。

地下通道就这一条自动栈道。要是不根据时间段改变传送带的行进方向，就会让本就拥挤的人流变得更加混乱。

新宿是东京最大的车站之一，西口地下通道只有一条自动栈道本就不太自然。

市政府之所以要造一条如此不自然的自动栈道，是为了赶走聚集在地下通道的流浪汉。

那天的神秘女子之所以等到三点才挪窝，正是为了等待自动栈道改变方向。

她为什么要等到自动栈道换方向呢？

她应该是坐车来的新宿站。从中央大道到自动栈道的终点，不过十多米的距离。而且她的旅行袋是有车轮的。就算她的力气再小，也能顺利地把行李袋推到等候地点。可西口地下通道太长了，她不可能带着旅行袋一路走到底。所以她只能等自动栈道改变方向……

那个旅行袋怎么会那么重呢？这还用问吗——因为里头装着一具女尸啊。

中央高速巴士上的女尸，并不是手持红酒的神秘女子。被害者早就成了旅行袋中的尸体。

当然，志穗早就考虑到了这种可能性。

拿着旅行袋坐上中央高速巴士的女人并不是旅行袋里的女尸……这是唯一能解释女尸之谜的假设。

然而，志穗很快回忆起，那个神秘女子轻而易举地抱起旅行袋走上了楼梯，于是便否定了这个推论。

我怎么就没顺着这条线再想想呢——志穗悔不当初。神秘女子走下自动栈道后，立刻进了银行的ATM区。旅行袋就是在那儿调的包。她把装着尸体的旅行袋交给了另一个人，换了一个很轻的旅行袋。

广濑在神秘女子进ATM区之前脱离了战线，所以他应该没察觉到旅行袋的猫腻。他看见什么东西。也许，是带着空旅行袋来到现场的某个人。

换言之——

手持红酒的神秘女子并不是通过了甄选，奉命来到地下通道等候的人。通过甄选的礼仪小姐，早就成了旅行袋中的死尸。神秘女子，是个冒牌货。

所以她才要戴上墨镜——为了防止别人看清她的长相。

话说回来……志穗第一眼看到神秘女子时，产生了一种"似曾相识"的感觉。

那到底是怎么回事？

志穗本该顺着这条线继续思考，可她没有足够的时间了。

就在这时，轿车的喇叭将她拽回现实。

中央大道的路肩上，停着一辆奔驰。车窗贴了磨砂膜，叫人看不清车里的情况。

奔驰又鸣了一次喇叭。

它分明在呼唤志穗。

它在命令志穗——快上车。

2

志穗上车了。

这辆奔驰貌似是定制的。车里的器具都由橡木打造而成，座位都是皮的。

志穗一上车，车就开了。

驾驶座与后排座位之间装了一块强化磨砂玻璃。

所以志穗看不见司机的长相。

只闻其声，不见其人。

"打开扶手下面的盒子。"

麦克风里传出经过机械处理的声音，听不出说话人是男是女。

志穗照办了。

里头放着一个黑色的皮眼罩。

"你是要我戴上吗？"

志穗问道。

"没错，"开车人用闷声回答道，"再脱下大衣和内裤。"

"内裤也要脱吗……"

志穗用沙哑的声音问道。

咔嗒，前排隔板开了一条缝，原来车的前排设有马桶。

"脱下的内裤放在马桶上就行。你的胸罩上装了无线发信器。记得把发信器也留下。"

志穗很是意外。

这人怎么知道她带了发信器？如果这人认定她只是个礼仪小姐，就绝不会提出这种要求。

换言之，这人知道志穗是诱饵搜查官。即便如此，他还是让志穗上了车。这到底是为什么？

要是志穗交出了发信器，而他又把发信器的电源关了，那地检特搜部的搜查员就找不到她了。

志穗就会陷入孤立无援的窘境。

没关系。不，关系还是有的，但志穗别无选择。

可……他为什么要志穗脱掉内裤呢？听从这条命令，就意味着志穗打一开始就不得不屈服于对方的虐待欲。身为一个女人，她岂能受得了这种屈辱。

"你要是不听，我就只能请你下车了——"对方毫不留情地说道，"我无所谓你下不下车。你自己选吧。"

志穗紧咬下唇。

她别无选择。

为了让志穗通过"美食俱乐部"的甄选，特搜部想尽了办法。她不能浪费调查员们的心血，她做不到。

——只能脱了。

她心中的被虐欲蠢蠢欲动。那是一种淫靡的、不道德的欢愉。

——这样就对了……心中的小人如此喃喃道。他的声音是如此猥琐。那就是你的自然态，这是你与生俱来的特质。因为，你是天生的被害者啊。

不是的！志穗在心中呐喊——我不要！我恨透了这样的自己，所以才会选择诱饵搜查官这条路的啊！我受不了这样的自己……

"你决定了没有？是脱还是下车？"

在声音的催促下，志穗只能弯下腰，迅速脱下内裤和裙子，并将揉成一团的内裤放在马桶上。之后，她又将手伸进衣领，掏出发信器，并将发信器也放在马桶上。

咔嗒。一眨眼的工夫，发信器与内裤就不见了。马桶盖上，出现了一杯红酒。红色液体微微摇晃，反射着朦胧的光。

"是让我喝掉吗？"

志穗的声音微微颤抖。

光是脱掉内裤，女人便会变得毫无防备，浑身无力。皮肤紧贴着皮椅，凉凉的。

"他们吃的时候，耶稣拿起饼来，祝福，递给门徒说，你们拿着吃，这是我的身体。又拿起杯来，祝谢了，递给他们说，你们都喝这个，因为这是我立约的血，为多人流出来，使罪得赦……"

用变声器处理过的声音如此说道。那是一种很闷、很扭曲的声音。即便如此，志穗还是能听出声音中的悲怆。

"孩子，拿起酒杯，喝下我的血吧。"

志穗并没有认真研读过《圣经》。但她能猜出，开车人引用了《圣经》。而且，他引用的八成是最后的晚餐那段。

为什么这个男人（开车的肯定是个男人）要在这种时候引用"最后的晚餐"呢？从某种角度看，他的选择是非常滑稽的。然而，听到他声音中的悲怆，志穗就笑不出来了。

志穗对这个男人产生了一瞬间的怜爱。而这种感情，也让志穗疑惑不已。

开车的人，很有可能是手刃好几个无辜女子的凶犯。志穗刚一上车，他就下令让志穗把内裤脱掉。他就是个虐待狂啊——我怎么会对这种人产生怜爱呢？我是不是疯了啊？

然而志穗将红酒一口饮尽。

热流顺着喉咙流进胃袋。

她竟产生了一种错觉——就好像，她喝下的真是鲜血。神圣的，鲜血。

志穗察觉到，开车人在调整后视镜的角度。

磨砂玻璃的透明度很低。所以志穗看不见他。

他是在确认志穗有没有喝酒吗？还是在偷窥已然脱下内裤的志穗呢？

志穗将酒杯放回马桶盖，老老实实地戴上眼罩。

世界，变成一片漆黑。

黑暗中，有个白白的、温温的东西在喘息。那就是她的身体。在人工造成的黑暗中，只有那个东西，是如此温热，如此真实。那就是她的肉体。

她的肉体中，产生了某种激烈的欲望。她希望男人能多看看这样的她。这是何等错乱，又何等纯粹的欲望啊。

——天生的被害者！

志穗尝试着反抗。

尝试着转移自己的注意力。

然而，任她如何反抗，她都无法将注意力转移开。

黑暗中，意识如星云爆炸般白热化。

令人疯狂的绝望，与超出绝望数倍的欢愉交相辉映。志穗意识到，她正在不断堕落。她的意识，戛然而止。

3

志穗睁开眼睛，红色的灯光映入眼帘。

四周堆着好多酒桶。原来，这是一个酒窖。还有许多红酒瓶呢。

这是一座由自然洞窟改造而成酒窖，俗称"洞中酒窖"。

志穗就躺在地上。

她昏迷了好几个小时，她都不记得自己是怎么来的了。

她的双手被铐在身后。上衣的上面三颗纽扣被解开了。胸罩不见踪影。一个不小心，双峰就会掉出上衣。可她的手被铐住了，没法自己扣扣子。她的裙子也被掀起来了。她忽然想起自己没穿内裤，赶忙用身后的手把裙子拉了下来。

手铐上缠了一条锁链。锁链的一头，被固定在房间角落的柱子上。志穗一动，锁链就会与地面碰撞，发出"咔嚓咔嚓"的响声。

最要命的是，志穗脖子上戴着一条项圈。就好像家养的宠物犬似的。录像带中的水树也戴着同样的项圈。

志穗有些内急。但尿意并没有给她带去痛苦。她在默默等待尿意得到解放的那一瞬间。好奇妙的感觉。

酒窖的另一头，放着录像机和电视屏幕。

屏幕上的人，分明是早濑水树。

画面中的水树在呻吟。她不时发出近似惨叫的声音，随即嘤嘤哭泣。她蜷缩着身子，哭个不停。但志穗一听便知，那并不是痛苦的哭声——因为录像中，还有按摩棒的杂音。

水树穿着皮制拘束衣。她躺在地上扭动着，呻吟着，享受着。

志穗很清楚，那就是等待着她的命运。

要不了多久，她也会变成那样。但她心中没有绝望。有的，只是淫乱的渴望。

既然她迟早都会变成那样，那当然是早点变身为好。

她搓动双腿，自怨自怜。

——我就是个奴隶。

——我跟水树一样。我们的命运，在我们进特被部的那一刻就定型了。因为我们本就是天生的被害者啊……

志穗鼻子一酸，潸然泪下。她哭了，但她并不伤心，也无悔恨。泪水带来的陶醉感要强得多。

当然，她的理性还没有完全消失。她猜到，那杯红酒中有春药。不是 Virgin Again，就是 Herbal Ecstasy①。

然而，她的理性撑不了多久。她马上就会像水树那样，在欢愉中哭泣，满地打滚。她已无法逃离命运的束缚。

——因为我就是个奴隶啊。

她目不转睛地看着录像。她虽然不忍心，可还是无法将视线转移开。

忽然，屏幕中的水树转向了摄像机。她的眼睛是如此水润，充满了感情。

她动了动嘴唇，却没有出声。

——哎？志穗看得更仔细了。

可水树又一头栽进了被虐的陶醉感中。她哭着，扭着。

就在这时，房门嘎吱作响。咔嚓，有人打开了门锁。

房门缓缓开启……

❋

---

① 两者都是女用春药的名字。

圣家族

1

下午三点四十分——

东京地检的调查车一路追到青梅街道，朝荻窪方向驶去。

那矢与小仓都在车上，袴田也在机缘巧合下混上了车。

车开过新中野时。

袴田察觉到，志穗并不在他们追踪的车上。

那辆车的副驾驶座上的确坐着个年轻女人，但那个女人和志穗差太远了。

袴田赶忙把他的发现告诉了小仓。小仓脸色大变，大喊道：

"拦下那辆车！"

"呃，等等，再看看——"

那矢检察官本想再观望一下，可他一见到小仓那凶神恶煞的表情，就把后半句话咽了下去。

"真拦吗？"

负责驾驶的特搜部调查员问道。

不等两位检察官回答，他便打开了车窗，将警灯装上了车顶。一脚油门……

警报响起。

轿车迅速超过好几辆车。

与目标车辆并排行驶。

开车的是个年轻男人。

见蒙面警车突然出现，他吓得六神无主。

他旁边的年轻女子也吓傻了。调查员用手势示意他停车。

年轻男子立刻将车停靠在路肩上。袴田和小仓冲下轿车。

那辆车的后排车窗是开着的。

袴田探头一看，顿时面色煞白。

无线发信器，就掉在后排车座上。

那矢检察官被人摆了一道。

将志穗带走的人趁等红灯的时候把无线发信器丢进了这辆车。

所以特搜部的蒙面警车一直在跟踪一辆与案件毫无关系的车辆。

这可是天大的失态。这可如何是好。

袴田杀气腾腾地对那矢检察官吼道："开什么玩笑！我可是诱饵搜查官的保镖！人跟丢了可怎么办啊！"

一介刑警岂能大声呵斥堂堂检察官。由此可见，袴田确是火冒三丈。

"志穗有危险！她要没命了！"

那矢检察官也无暇追究袴田的无礼，他的脸色也是煞白。

"快发布紧急通缉令——"

那矢检察官一声令下，小仓立刻冲回蒙面警车。

就在这时，驾驶座上的搜查员探出头来说道："佐原检察官来电！"

佐原是特搜部的王牌检察官。

这起案件的主导权本就握在特搜部手中。

在检察组织中，唯有特搜部拥有独立的搜查能力。所以事情会演变成这样也是在所难免。

那矢冲上车，一把抢过无线麦克风。

一说就是好久。

袴田与小仓只得在一旁焦急等待。

过了许久，那矢检察官总算出来了。

他面如土灰，双目无神。

短短一通电话，竟让他老了十多岁。

"收队——"

他如此说道。他都不敢直视袴田与小仓。

"收队？"

袴田懵了。

小仓也是一脸愕然，他很是难以置信地望向他的前辈。

"收队是什么意思？不发紧急通缉令了吗？"

"不发了——"那矢检察官露出一副决意已定的表情，"特搜部决定了，暂缓对'美食俱乐部'的调查。既然特搜部做了决定，我们刑事部就只能照办了。"

"这……"

小仓无言以对。

袴田也是一言不发。

这是他最担心的情况。谁知，他的担心竟成现实。

"美食俱乐部"在政界、官界、财界、司法界呼风唤雨。连总检察长都是"美食俱乐部"的会员。他们能明目张胆地向警方施压，命令警方停止对"美食俱乐部"的调查。如此巨大的力量，又怎会放过检察厅呢。

"今时不同往日。高等检察厅检察长辞职了。说辞职是好听的，他是被逼走的。地检的长官也吃了停职处分。"

那矢的声音是如此无力。

——检察长辞职了。

远藤慎一郎的父亲，远藤茂太辞去了检察长的职务。

听到这话，袴田便明白了。

　　特搜部之所以展开对"美食俱乐部"的调查，正是因为检察厅内部存在着激烈的派系斗争。

　　总检察长是"美食俱乐部"的会员。为了让他失势，高等检察厅检察长远藤茂太便下令特搜部对"美食俱乐部"展开秘密侦查了吧。

　　在调查与政治家有关的贿赂案时，左右调查进展的并不是司法正义，而是冷酷的政治力量。

　　"美食俱乐部"的案子也不例外。

　　远藤茂太肯定也很慎重，但他慎重得还不够。

　　内阁可派亲信出任检察厅的中枢职务，拥有极大的人事权。换言之，执政党的政治家可随意操控检察厅的人事。

　　为了绊倒检察长，隶属于"美食俱乐部"的政治家便向内阁施压了。

　　要是总检察长被赶出了检察厅，司法部门就会紧咬"美食俱乐部"不放。所以那位政治家也使出了浑身解数。

　　然而——

　　"他们的本事再大，也不能随随便便让检察长辞职吧？他们到底用了什么阴招啊？"

　　袴田很是疑惑。

　　"检察长被你们坑惨了。"

　　那矢恶狠狠地说道。

　　袴田眨了眨眼睛，呆住了。

　　一时间，他没听懂那矢是什么意思。难道检察长辞职一事，还会与他这么个小喽啰有关吗？这也太扯了吧。

"远藤慎一郎设立特被部的时候，检察厅内部就有不少反对意见。很多人认为，诱饵搜查的合法性有待商榷。无奈那个远藤是检察长的儿子，所以大家都不敢明目张胆地跟他对着干——"那矢愤愤不平地说道，"都怪你跟本厅一课的井原多管闲事……你们是不是在怀疑相模湖的浮尸不是远藤慎一郎？科警研把情报泄露出去了。"

"呃，可，那是——"

袴田一时语塞。

"浮尸是不是远藤慎一郎并不重要。重要的是，检察长让人怀疑了。检察长必须站在公平公正的立场上。自家人要是成了嫌疑犯，检察长自然会失去审案的资格——当然，这些都是场面话。总检察长得知你们的动静时肯定高兴坏了。可不是么——如此一来，他就能堂堂正正地扳倒检察长了啊！"

袴田沉默了。

可他无法永远保持沉默。

他根本不在乎检察厅的派系斗争。

政治家为了让贪污俱乐部逃脱法律的制裁想尽办法，人之常情，可以理解。

但——

"那志穗呢？派志穗去当诱饵的是你们，难道你们要见死不救吗？"

"……"

这回，轮到那矢沉默了。

那矢面如土灰。他紧闭双眼，双唇瑟瑟发抖，就是不开口。

"好吧，"袴田点点头，转向小仓问道，"那你呢？你也觉得明哲保身比志穗的性命更重要吗？"

小仓耷拉着脑袋。他也一下子老了好几岁。

袴田在等待，但小仓终究还是没抬头。

袴田点点头，独自走开。

检察厅，根本靠不住。

志穗能指望的只有特被部的同事。

袴田感觉到，他把某种无比肮脏的东西抛在了身后。

2

袴田在防犯课风纪组工作时认识了一位检察事务官。

他们的关系并不算亲密，只是一起吃过两三次饭罢了。

袴田联系了这位事务官，打听到了远藤茂太的电话号码与地址。

远藤茂太住在世田谷。

袴田先打了个电话，但电话没人接。

无可奈何之下，他决定亲自跑一趟。

——也许相模湖的浮尸并不是远藤慎一郎。

这就是井原与袴田的推论。他们还请科警研做了DNA鉴定。谁知，此举竟间接导致了远藤茂太的失势。

袴田想亲口向他道个歉。

不过——

就算他们不搞这些小动作，远藤茂太迟早也是要走的。

照井原的口气，"美食俱乐部"怕是能一手遮天。只是袴田这般小喽啰难以想象它的力量罢了。

面对如此强大的敌手，远藤茂太也不敢随便使唤特搜部。

远藤茂太注定要失势。袴田不断说服自己——我没必要为这件事自责。

他的确想跟远藤茂太道个歉，但他也察觉到，这份歉意深处，隐藏着某种难以名状的冲动。

——只要见到远藤茂太，就能解开一些谜题。

袴田这般无能的刑警要是把"刑警的第六感"挂在嘴边，怕是会找人笑话。但他的"第六感"真的发挥了作用。

"道歉"只是个口实，"想见见远藤茂太"才是他的真心话。

对一介刑警而言，高等检察厅的检察长可是高高在上的大人物（虽然他已辞职）。要不是出了这种案子，袴田根本没机会见他。

他火速赶往世田谷。

他本以为远藤家会是一栋大豪宅。谁知，迎接他的是一栋小巧精致的商品房。

远藤慎一郎的母亲在十五年前去世。打那以后，远藤家的家务便由保姆全权负责，而父亲远藤茂太也没有再娶……这些都是志穗告诉他的。

袴田按下门铃。一位老婆婆探出头来。她就是远藤家的保姆吧。

袴田自报家门，说道："不好意思，我想见见远藤茂太先生。"

老婆婆回到屋里。片刻后，她走到大门边，告诉袴田——

远藤茂太正在写东西，如果袴田愿意等，他就能留出十五分钟给袴田。

袴田自是一口答应。保姆将他带进了会客室。

接待室并不豪华，但给人以温馨沉稳的印象。

柜子上摆着远藤家的全家福。

袴田的小公寓里只有空啤酒罐和吃过的杯面。就算他想摆张全家福看看，也没人陪他拍照。

相比之下，两家真是天差地别。差距如此之大，连羡慕的力气都没有了。

反正闲着也是闲着，袴田便打量起了那些照片。

照片里自然有年轻时的远藤慎一郎。

他身边总有一位年轻美女相伴。那应该是远藤慎一郎的妹妹吧，他们长得可真像。

——她在哪儿呢？

袴田忽然产生了好奇。

她唯一的哥哥去世了。可没人提起这个妹妹。志穗和柳濑君江也没听远藤慎一郎说起过这个妹妹。

仔细想来，这岂不是很反常吗？

袴田百思不得其解。

他仔细打量起照片来。

有一张照片是兄妹俩的合奏。远藤慎一郎拉大提琴，妹妹弹钢琴。

兄妹俩面带微笑，显得如此亲密，如此幸福。

然而，他们幸不幸福，开不开心，都不重要。

袴田顿感自己脸色刷白，双腿无力。

因为，照片中的远藤慎一郎在用左手拉琴。

验尸报告称，接连杀死两名女子的人，以及杀害广濑和水树的人，都是左撇子。

照片中，也有一个左撇子。

据袴田所知，远藤慎一郎并不是左撇子。所以听说"凶手是个左撇子"时，他也没想起远藤慎一郎……

鉴识课是如何确认相模湖浮尸的身份的呢？他们采集了浮尸的指纹，又采集了远藤家的指纹，做了比对。

当然，鉴识课在做比对之前肯定对他们在远藤家采集到的众多指纹进行过筛选。他们事先排除了远藤茂太和保姆的指纹，再选取剩下的指纹中出现次数较多的，与浮尸进行比对。

鉴识课真的发现了与浮尸吻合的指纹。

鉴识课认为，既然发现了吻合的指纹，那就意味着浮尸即为远藤慎一郎。这其实是一种"先入为主"。他们没有考虑到远藤家还有一个人，仅仅满足于"指纹完全吻合"这一结果。于是他们便得出了结论——那具浮尸就是远藤慎一郎。

袴田呆若木鸡。这时，保姆端了杯茶给他。

"请问……照片里的人是慎一郎先生的妹妹吗？"

"是的，不过她在美国呢。他们长得很像吧？"

"慎一郎先生是左撇子吗？"

袴田不动声色地问道。

"他小时候用的的确是左手，只是过世了的夫人觉得那样不太好，硬给纠正了过来。毕竟……那个年代的人会歧视左撇子的嘛，"保姆幽幽道，"谁知事情会变成这样……真是世事难料啊……"

"是啊——"袴田点头道，"真是世事难料。"

3

待保姆放下茶杯，走出会客室。

袴田立刻掏出移动电话。

打给井原。

万幸的是，井原就在搜查一课的办公室。搜查本部已被解散，他手上也没别的活儿。

井原的口气很是不耐烦。

相模湖浮尸兴许不是远藤慎一郎……他认定他的推理错了十万八千里，也为此自责不已。

可袴田顾不了那么多。

"我在外面，你先耐心听我说两句——"袴田用单手捂住嘴，低声说道，"我想让你帮我问一下做DNA鉴定的研究员。做DNA鉴定时，并不会验每一条染色体吧？你上次不是说，他们只看染色体的一部分吗？你还说，染色体和血型都吻合的概率是几千分之一……"

"是啊，几千分之一，世上哪儿有这么巧的事儿啊。袴田警官，我不知道你在想什么，反正——"

"你帮我问问，如果是兄妹呢？我听说血亲的染色体有很多部分是一样的。兄妹俩血型一样也很正常啊。如果他们是兄妹，不就有可能出现那种巧合了吗？"

"兄妹……"

井原大惊失色。

无言以对。

他直接把电话挂了。

就在这时，袴田察觉到身后有人。

回头一看。

来人正是表情凝重的远藤茂太。

"慎一郎他……"他无力地清了清嗓子，"他认为，我想做的事情是毫无意义的。他不相信司法的力量，也不认为司法正义能得到伸张。他认定，检察机构在国家权力面前是束手无策的——"

"……"

"内阁手握检察厅重要职位的人事权，而且检察厅也涌现出了不少政治家。他会这么想也是理所当然。他说，我的做法是绝对无法揭发'美食俱乐部'的。就算我能说动特搜部，搜查工作也会虎头蛇尾。就算检察厅将案子送上法庭，案子也会被政治家们用作权力斗争的砝码。被告发的政治家会大摇大摆地参加下一次选举，并顺利当选，把罪孽洗得干干净净。他总是嘲笑我说，'你这么折腾有什么意思啊'。"

"您是知道的吧？"袴田问道。

"没错，我知道，"远藤茂太颔首道，"一看到遗体我就明白了。我不知道慎一郎为什么要对他妹妹做出这种事，说实话，我也不想知道。那对兄妹真的好像好像。简直一模一样。但我毕竟是他们的亲生父亲啊。怎么会认不出哪个是儿子，哪个是女儿呢。最近我一直联系不上女儿，可我做梦也没想到，她居然跑回日本来了。刚见到遗体时，我大受打击，双手不住地发抖……"

"可您没把事实告诉任何人。您明确告诉警方，那具尸体就是慎一郎先生。这到底是为什么？"

　　"一看到只有肩膀以上部分的尸体，我就明白了慎一郎的用意。尸体腐败得再严重，要是乳房还在，人们就能轻易看出死者是个女人。但慎一郎想要达到'假死'的效果。"

　　"于是您就指鹿为马，并诱导警方来你家采集指纹，与尸体的指纹进行比对。家里自然会有令嫒的指纹。两组指纹完全吻合，浮尸变成了远藤慎一郎……但您还是不放心。"

　　"没错，我还是不放心。我不是法医学专家。虽然遗体并不完整，而且腐败得很严重，可要是送去解剖，法医兴许能辨别死者的性别。无可奈何之下，我只能滥用职权，阻止警方解剖遗体——"远藤茂太无力地笑了笑，"慎一郎说得一点没错。司法机构腐败起来太容易了。这样的司法机构根本无法揭露'美食俱乐部'的罪行。"

　　袴田愈发烦躁，他可没工夫听远藤茂太自嘲，时间紧迫。

　　"您应该知道慎一郎先生在哪儿吧？我的搭档——我唯一的搭档就快死在他手上了——"

❄

万圣节

1

　　若是晚霜五月，碰上这么冷的天就得烧点旧轮胎取暖了。不过现在是十月，葡萄的叶子都掉光了，再冷也无妨。

　　他穿过葡萄架下。

　　收割后的葡萄成红锈色。叶子全部落地，沾满泥土。

　　这种葡萄叫"淑女的手指"。

　　淑女们掉落枝头，被人踩在脚下。

　　穿过葡萄架，走进仓库时，已是午夜时分。

　　十月三十日。在凯尔特历法中，明天是魔物蠢蠢欲动的万圣节。

但性急的魔物，也许会提前一天出动。

仓库的天花板很高。还装了一层厚实的铁栅栏。栅栏后，便是深邃的黑暗。

据说通顶设计的中二层本是蚕室。

一到傍晚，中二层的纸门就会被夕阳染成血红，但仓库并不会因此变亮，反而愈发阴暗。

仔细想来——

想当年，少年与少女在夕阳照耀的蚕室肌肤相亲。最终，他失去了自制力，与亲妹妹跨越雷池。那都是十五年前的陈年旧事了。

兄妹二人沉浸在甘甜的欢愉中，沉浸在深不见底的自责中。他们颤抖着，却又奋不顾身，无所依靠，唯有紧紧抱住对方。

我至今不敢相信，我已亲手夺去她的性命。我望向中二楼，就好像，她的倩影会不时飘过一般。

不。我不仅杀死了她，也杀死了她腹中尚未出世的孩子。我甚至能听见孩子的笑声。也许是因为，今天是万圣节吧……

葡萄是一种风媒花，几乎都是自花授粉。雄蕊会把花粉落在雌蕊上，但在这种情况下，雌蕊很难受精。于是花就无法结果。人们将这种现象称为"落花"，或是"流花"。妹妹，我们就是"落花"，就是"流花"啊……

废物们，亡者们，跳跃吧，痛哭吧，欢笑吧，附身在我身上，诅咒我吧！

我每走一步，魔物们就会变得更多。他们会扑向我，缠着我，靠在我身上，在我耳边喁语。

他们的声音是如此真实。当我沿着仓库角落的梯子走进酒窖时，当酒窖中的志穗看到我时，连她都散发着魔物的气息。她是如此美丽，如此淫荡，却又有着出淤泥而不染的清纯——

厚重的木门缓缓开启。

一个男人出现在门口。

他的个头很高。

他身着黑色皮衣与黑色灯芯绒裤，带着万圣节的妖怪皮面具。

志穗甚至不觉得害怕。

她的心中，仅有上奔驰时感觉到的怜爱——清澈见底，却又如此悲伤的爱。

男子徐徐靠近。

面具是何等滑稽，但面具后的双眼，又是何等柔情似水。

志穗没必要害怕这个男人。

因为他就是万圣节之夜现身的妖怪。

这个妖怪，是可恶的凌辱者，同时也是志穗唯一的恋人。

只要是为了他，志穗什么都愿意做。他们之间有欲望，也有羞耻。但更多的，是"爱"。难道不是吗？

志穗跪在地上，缓缓抬起上半身。

她望向那个男人。饥渴地，望着他。

春药，让她浑身滚烫，好似熔岩。她能感觉到自己在飞奔。朝着肉眼看不见，却又着实存在的地平线。

她快忍不住了。可忍不住，也成了恍惚的快感。她的身体是如此炙热。

上衣的扣子松了。胸脯半裸露在外。内衣也不见了。露出的部分，显得如此神圣，如此闪耀。

"你想看的就是这一幕吧——"志穗喃喃道，她的声音比她预料的更温柔，"你想看的，就是这一幕吧……"

……

释放。

热流涌动。

全身都解脱了。

她并没有沉浸在惨烈的被虐感中。事实正相反。她终于发现了真正的自我。她是如此自豪。

在这一刻之前，志穗打心底里蔑视自己。然而，她终于释放了欲望。将压抑已久的被虐情节迅速升华。她已脱胎换骨。

人，只能靠直视自己来改变。

也许如此一来，志穗就能真正摆脱"天生被害者"的命运了。

释放终了。

她并没有自怨自艾。她很骄傲，很美丽，也很坚强。

男子被志穗震住了。他后退了一两步。

她将脸转向男子，呼唤他的名字。

"远藤部长——"

2

"这里是哪儿？"

"八王子郊外。我父亲的老家在这儿。不过房子的所有人已经换过了，所以'美食俱乐部'也没能找到这儿来。"

"你家还有酒窖啊。"

"我父亲的老家在明治时代就开始酿酒了。据说日本的红酒酿造史始于明治十年前往法国学艺的两个年轻人。而我的曾祖父碰巧是其中一个年轻人的朋友。在大日本山梨葡萄酒公司成立后不久，曾祖父就在八王子设立了酒窖。但他的酒窖不如山梨的那么成功，在明治末年就关门大吉了。不过他平时还是会酿一点自家用的红酒。这座酒窖，就是历史的遗迹。仓库里还有用来榨汁的机器呢。当年那样法国机器可是很稀罕的。"

"你就是在这儿杀的水树？"

"想必你也猜到了——我在银行的 ATM 区和妹妹交换了旅行袋。在那之前,广濑撞见了我,一路跟了过来。在我们交换旅行袋的时候,他一直在门口张望着。我妹妹出去之后,他就走进了 ATM 区,问我是怎么回事。我说,'你看看 ATM 机就知道了'。当广濑来到 ATM 机前时,我就用电线勒死了他。我知道 ATM 区装了摄像头。当着摄像头的面勒死广濑,无异于自投罗网。我亲手杀死了自己的部下。如果神明或恶魔要制裁我的话,那摄像头就一定会拍到我的样子。我心想,那样也好。谁知摄像头并没有拍我。于是我就只能继续完成我的使命了。广濑来找我的时候跟水树耳语了几句。时间有限,广濑也没多说,但水树还是对我起了疑心。她苦苦追寻,终于混进了'美食俱乐部'的甄选现场。之后的事情,你都经历过了。"

"你可真够心平气和的啊。远藤部长,广濑和水树都是你的部下啊!"

"我将水树囚禁在酒窖里,极尽凌辱之能事。我不断地侵犯她,侵犯她,还把她派去'美食俱乐部'当礼仪小姐。会员们对她做了许多见不得人的事。我妹妹在美国学的是艺术。她会做刺青。所以我就让她在女人身上刺了红酒标签。水树也不例外。我忘记了她曾是我部下的事实,像对待其他女人那样欺辱她。说实话,我之所以这么做,也是因为我不想杀掉她。但我不得不杀。因为她知道的太多了。最后的最后,我勒了她的脖子,但还是活着放她回去了。水树驾车离去。她之所以会死在小佛隧道,八成是因为延迟性窒息吧。被勒一小时后窒息的例子虽然少,但还是有的。但我不明白的是,她为什么要在临死前惨叫呢？如此一来，她就把案发现场转移到了车里，还错开了案发时间。她为什么要这么做？就好像，她是想包庇我一样——"

"一点不错。你还不懂吗？她爱上了你。你看看录像带就知道了。她看着摄影机，用唇语说了一句'部长，我爱你'。远藤部长，看到她的唇形，我就知道你是凶手了——"

"……"

"世界上根本就没有'西条'这个人。远藤部长，你就是'西条'吧？"

"为了打造出'西条介'这个架空人格，我花了整整两年……不，是三年。我做了做充分的准备。我学习了红酒的相关知识，也学习了开餐厅的方法和技巧。当西条的时候，我会忘记自己是'远藤慎一郎'。为此，我特地找回了左撇子的记忆。远藤是右撇子，西条是左撇子，这样就能把人格彻底分裂开了。为了给'美食俱乐部'造成致命打击，我必须捏造出品酒师西条介这个人……

"'美食俱乐部'的事儿是我父亲告诉我的。他说，那不是'美食俱乐部'，而是贪污俱乐部。总检察长也是'美食俱乐部'的会员，这一点让我父亲大为头痛。政界、官界、财界……各方面的权力都集中在了那个地方。连检察厅的最高长官都是会员，地检特搜部就不好动手了。我父亲不是那种喜欢搞派系斗争的人，但要打败'美食俱乐部'就必须先扳倒总检察长。于是父亲就一反常态，参与到了派系斗争中。在我看来，他的做法简直荒唐至极。就算他扳倒了总检察长，揭发了'美

260

食俱乐部'的恶行又能怎么样？丑闻肯定会闹得沸沸扬扬，但政治家总能在下一次选举中把罪名洗干净的。官僚也能空降到民营企业当高管。财界大腕找个子公司当理事就结了。我的父亲是唐吉诃德①，但他跨上马背，用长枪攻击的对象，连个风车都不是。他的对手是驱动风车的风。可他无论如何，都无法伤到风儿的一根汗毛……

你可别高看了我。我之所以想摧毁'美食俱乐部'，可不是为了什么社会正义。我的专业是被害者学。哪类人会成为犯罪案件的被害者——研究这个问题，才是我的本职工作。我认为，每个日本人都是潜在的受虐狂，每个日本人都是天生的被害者，否则日本人为什么会老老实实受政治家、官僚和大企业老板的摧残呢？否则日本人怎么甘愿被他们踩在脚底下呢？日本人不仅仅是沉默的羔羊。而是沉默的受虐狂羔羊。我想研究一下，日本人的受虐性是民族特有的精神共同体，还是长年驯化的结果。要搞清楚这个问题，就得先把那群手握重权的人拉下马。日本人不是都觉得'我们动不了他们'吗？要是他们失势了，日本人会不会愤怒？日本人的愤怒会不会是暂时性的？他们会不会好了伤疤忘了疼？我想观察一下日本人的反应。从这个角度看，'美食俱乐部'岂不是一个绝佳的靶子吗？

但'美食俱乐部'是个非常模糊的东西。权力的确在那儿。但

① 堂吉诃德，西班牙大师塞万提斯划时代巨著《堂吉诃德》中的主人公，他一方面脱离现实，爱幻想，企图仿效游侠骑士的生活；另一方面又心地善良，立志铲除人间邪恶。是一个可笑、可叹、可悲又可敬的人物，是幽默文学中一个不朽的典型。

用肉眼是看不见的，用手也是摸不到的。一个倒下了，另一个总会站
起来的。野火烧不尽，春风吹又生。没完没了。只是你躲我藏也就罢了。
最可怕的是，在拼命与权力做斗争的人会在不知不觉中被权力吸收。
我要如何将这样的'美食俱乐部'拉下马呢？司法部门是肯定靠不住
的。与政治家有关的贪污受贿案会见报，说到底还是权力斗争的结果。
就算能揭发他们的罪行，也无法斩草除根。就算把事情闹大，过个一
年半载，人们也会忘得一干二净。那我要如何彻底葬送这群有权人呢？
我很快得出了一个结论。我必须亲自混进'美食俱乐部'当卧底……

　　"为此，我创造出了'品酒师西条'这个人格，过了整整三年的
双重生活。'美食俱乐部'本就是为了在日本普及红酒文化而存在的
组织嘛。所以品酒师这个职业还是很管用的。父亲给我透露了很多'美
食俱乐部'的内情。我顺藤摸瓜，终于混了进去，并留下了许多业绩。
最后，我成了'美食俱乐部'专属的品酒师和品女师。'美食俱乐部'
的礼仪小姐，就是美丽的牺牲品。会员们会将各种不能对他人道的丑
陋欲望发泄在这些女人身上，大肆淫乐。在'美食俱乐部'，女人就
是耗材。不到两个月，女人就会遍体鳞伤。'美食俱乐部'的会员们
最缺的就是新鲜的好货色。于是品酒师西条就看准了这个机遇，不断
组织甄选活动，维持女人的供给，成了'美食俱乐部'必不可缺的关
键人物。到了这一步，我终于能动真格了。我可以着手将'美食俱乐部'
的会员彻底抹杀了……

　　"我在薄野珠代的肩膀上留下了红酒标签状的刺青，将她送进'美

食俱乐部'。那群会员根本没想到那标签意味着什么。他们还觉得那标签很刺激呢。他们一如既往地吸干了薄野珠代的骨髓，将薄野珠代耗光了。后来，我又给他们送去了贴着同样标签的红酒，他们一副乐在其中的样子。当薄野珠代出现在新宿站西口地下通道时，他们定是大惊失色。但他们依旧没有思考。他们压根没有猜到，薄野珠代的尸体为什么会被切断，为什么会出现在人流量如此之大的地下通道。他们也不会料到，会有人打匿名电话把薄野珠代的名字告诉特被部。当我告诉他们'你们喝下了掺了女人血的红酒'时，他们才察觉到事态的严重性。司法部门奈何不了他们。普通的丑闻也动摇不了他们的地位。可要是人们得知，他们在喝人血呢？而且提供鲜血的女人被残忍地杀害了，成了一具碎尸。到时候，杀人的是不是他们就不重要了。这个消息一旦见光——我早就想好了披露消息的方法——只要有足够的间接证据，他们就百口莫辩了。而且世人也绝不会忘记他们的所作所为。换言之，他们会成为茹毛饮血的吸血鬼。就算他们富可敌国，权倾朝野，我也能将他们赶出人类社会。他们只能以吸血鬼的身份度过余生……

"只有薄野珠代这一个牺牲者还不够。于是我就找了个通过甄选的人，给她刺了红酒标签，杀了她，再让'美食俱乐部'的会员喝下贴着同样标签的红酒。不仅如此，我还让我妹妹打电话去特被部，把薄野珠代的名字透露给警方。为了让警方发现薄野珠代和'美食俱乐部'有关，我又打了通匿名电话，说'美食俱乐部'的会员们喝了掺有薄野珠代鲜血的红酒。说实话，我太小看'美食俱乐部'的力量了。'美食俱乐部'的会员们很快就察觉到了这一系列事件的意义，并迅速做出了反应。他们命令旗下的专属调查机构查清了西条介的身份。为防万一，他们还派出了两名俱乐部'圈养'已久的凶暴狂徒来杀我。你也见过他们吧，没有比他们更残暴的人了。他们就是披着人皮的狂犬。他们冲进了'贵腐'。我好容易躲过一劫。当然，事情到了这个份儿上，我也不打算全身而退。我本就打算让西条消失。无奈他们的动作实在太快……"

3

"逃离'贵腐'之后，我以品酒师西条的身份，从四谷前往新宿。又以特被部远藤慎一郎的身份出现在了西口地下通道。当时你们紧盯的'神秘女子'就是我的妹妹（你应该已经察觉到了吧）。我之所以让她打电话去特被部演这么一出猴戏，都是为了打造出'神秘女子乘坐中央高速巴士前往山梨的胜沼，并在胜沼惨死'的局面。为什么呢？因为'美食俱乐部'的专用酒窖就在胜沼。而且啊，那天晚上刚好有'美食俱乐部'的派对。要是神秘女子的碎尸出现在了胜沼，就能给世人留下更深刻的印象。世人就会认定，是会员们残忍地杀害了她，喝光了她的鲜血。毕竟在地下通道盯梢的警官们都是目击证人啊。还有比这更可靠的间接证据吗。'美食俱乐部'的会员们再怎么否定都是徒劳。谁知……

"你也知道，神秘女子的尸体最好在'美食俱乐部'的派对结束后不久，或是第二天见光。而且她最好死在'美食俱乐部'的酒窖附近。我设计的剧本是：神秘女子坐车去了胜沼。当天晚上，'美食俱乐部'在酒窖召开派对。不久后，惨死的尸体见光。我事先将空旅行袋寄存在了新宿站的行李寄存处，但我不能用轿车搬运尸体。因为太阳落山前，那群家伙一直在监视西条的车。可一到晚上，上野原到大月这段就会开始施工，肯定会堵。我不敢冒这个险。最安全的方法是，让我妹妹上三点那班车，然后我再带着尸体坐三点四十五分的车。先到目的地的妹妹会租一辆车，等我到达胜沼后汇合。

"我让她将神秘女子的尸体装进旅行袋，开车去新宿站西口地下通道等着。照理说我应该先把尸体运到新宿，然后让妹妹运空旅行袋的，但那两个男人冲进了'贵腐'，害得我无暇准备。无可奈何之下，我只能让妹妹辛苦一点了。她已经打扮成了神秘女子的模样，但她的长相和她并不相似。没办法，我只能让她戴一副深色墨镜掩饰一下。这样也能防止旁人看出她和我长得很像。要是有人察觉到我们之间的联系，计划就全泡汤了……

"我妹妹本该上三点的高速巴士。我打算在 ATM 把空旅行袋给她，让她把装有尸体的旅行袋给我。可我太大意了——我没察觉到自动栈道在三点之前是朝都厅方向运转的。如果计划没变，我们根本不用在乎什么自动栈道，因为她只要运个空袋子就行了。可装了死尸的袋子就是另一码事了。要是她拖着旅行袋走，警官们就会意识到，尸体打一开始就在袋子里。所以我妹妹必须等到三点，等自动栈道换方向之后再走。当然，如此一来她就赶不上三点的车了。最终，她只能选择三点四十五的车。计划也乱了套。因为那趟车本该是我坐的。她必须甩掉跟踪她的刑警（我们也考虑好了甩掉跟踪的方法），坐三点那趟车先赶到胜沼，然后我才能坐三点四十五的车去胜沼，将尸体抛弃在'美食俱乐部'专用酒窖附近啊……

"这么一搞，我妹妹就只能坐三点四十五的车了。我也不能带着装有尸体的旅行袋在新宿到处乱跑不是。无可奈何之下，我只能将装有尸体的旅行袋寄存在三点四十五那趟车上。因为我提前预订了那趟车的车票，就算我不上车，也可以寄存行李。将两个同色同款的旅行袋放在同一辆车上固然冒险，但万幸的是，两个袋子都罩着塑料套。我妹妹放行李的时候，特地把塑料套摘掉了。所以乍看之下，两个袋子还是不太一样的。她在大巴的厕所里换了衣服（当然，衣服是事先放在空行李袋里的），并将身上的衣服装进手提包里，在上野原下车。空空如也的旅行袋可以折得很小。而且我提前在空旅行袋里装了个背包。她可以把折好的旅行袋放在背包里。装有尸体的旅行袋也在同一辆车上，所以她不能坐到胜沼。意料之外的事情实在太多了。机缘巧合之下，'车上的活女人'就成了旅行袋中的死尸……

"我被那两个男人跟踪着，必须尽快销声匿迹。于是我就以'我要跟踪神秘女子'为由，人间蒸发了。但我还想给'美食俱乐部'的家伙们下个套。让他们怀疑一下远藤慎一郎与西条介到底是不是同一个人。为了摆脱警方的追捕，我必须装出我不是故意蒸发的样子。于是我就在八王子站等了一会儿。当一个跟我年龄、身材相仿的男人路过时，我立刻逮住他问了问钟点。问完之后，我又掏出一张万元大钞，在小卖部买了十张电话卡。如此一来，店员就会以为我不是一个人去的了。我之所以选择一个跟我年龄相仿、身材相似的人，也是为了让'美食俱乐部'的人怀疑西条和远藤是两个人。但我也不知道我的计划能不能顺利执行……

"我谎称'表演飞刀断酒瓶给你看'，用军刀割开了那两个礼仪小姐的喉咙。也许你会觉得，我杀死了两个无辜的女人。我也能接受你的非难，但我并不觉得她们真的无辜。只要能有钱拿，什么不知廉耻的事情它们都愿意做。她们若能为扳倒'美食俱乐部'做出贡献，那她们的人生还能更有意义一些。当然，我也承认我在杀死她们时产生了性快感。实话告诉你吧，我就是个变态。

"我并不否认这一点。我之所以建立特被部，也是为了选出两个被害者型的女人，将你们送进'美食俱乐部'当诱饵，让那群禽兽吸食你们的鲜血。可你们太出色了，也太勇敢了。你们成了名副其实的诱饵搜查官。所以，我不得不放弃我原本的计划……

"我亲手杀死了我的妹妹，因为她有了身孕。她本不该怀孕的，可她居然想把孩子生下来。那是一个绝不能出世的孩子！我为她做了堕胎手术，与此同时，我也意识到我们不能继续下去了。做完堕胎手术之后，应该用真空泵把子宫内的残留物吸出来。但我没有吸，而是把空气注入了她的子宫。她因空气栓塞^①而死。好在这种死法不会太痛苦。之后，我切断了她的尸体，并将我的西装的一部分挂在她肩上，将她丢进相模湖。我之所以要分尸，是为了模糊死者的性别。之所以为她换上西装，是为了让警方误以为我已经死了。我也不知道我的骗术会不会被戳穿，但我心想，只要我能假死一段时间，兴许就能逃脱'美食俱乐部'的追捕了。我还没把'美食俱乐部'会员喝人血的事情公之于众呢。你看，这张软盘里有关于本案的全部记录。我打算在万圣节之夜将记录传到网上。到时候，全日本，全世界的人都会看清这群吸血鬼的真面目。而且我的资料都是用英语写的。'美食俱乐部'的权力再大，也奈何不了因特网。我还准备了专门的页面。怎么样？是不是很应景呢？软盘里写清了公开信息的所有步骤。他们将会走向灭亡，一个不留。其实他们喝的都是普通的红酒。但那并不重要，因为他们本就是吸食鲜血的吸血鬼啊……

"求你了。不要问我和我妹妹的关系。可能的话，最好也不要去想象。志穗，我本不想让你知道这件事。真的。我说了太多太多。

---

① 空气栓塞是指空气进入血液循环至肺部，阻塞肺动脉主要通路，引起严重休克。本病极罕见，在妇产科领域中可于分娩时或产后（包括流产）产生。

该结束了。我本想多折磨你一会儿。因为我是那么爱你——这么说，你也许会骂我变态吧。但我真的很爱你，也很爱水树。可你已经没有时间体会我的爱了。明天就是万圣节，怪物们该出场了……"

尾声

男人们朝葡萄架突击。

有拿着日本刀的，也有拿着匕首的。每个人都一脸凶相。扁平的脸上，有一双比棋子更冰凉的双眼。

他们是从东京调来的"子弹"。他们并不知道他们要杀的人是谁，那个人为什么该死。他们对此也毫无兴趣。

可看到这支人马众多的部队，便知下令的人有多大的权力，有着何等的执念。

男子们不断往前冲。忽然，枪声打破了宁静。

手持日本刀，走在队伍前头的男子一声惨叫，往后飞去。

他的肩膀一片血红，仿佛炸开的石榴。

一个男人，站在葡萄架下。

手持猎枪。

那分明是远藤。

杀气腾腾的男人们有些慌乱。

但其中一个大吼一声——"哇！"伴随着进攻的号角，众人纷纷朝远藤扑去。

远藤的猎枪爆发出轰鸣。

一个敌人被霰弹击中，浑身是血。

男子们惨叫着扑倒在地。

远藤开枪了。弹壳落地。他立刻换上新的弹夹。

男人们趁机站起身来，拿起各类刀具，如野兽般冲去。

就在这时，葡萄架燃起浓浓黑烟。火球……在地面翻滚。那是个点了火的旧轮胎。有人点着了旧轮胎！

旧轮胎削弱了男人们的气势，他们顿时慌了。

火星在烟雾中闪耀。

两个男人被打翻在地，痛苦呻吟。

远藤打算后退，边后退边换弹夹。

男人们露出狰狞的獠牙，紧追不舍。不久，他们追上了。鲜血四溅。男人们接二连三扑向远藤，用力割下他的肉。

远藤死了，但他至死都没有惨叫过一声。

但志穗分明听到了他的悲鸣。

——远藤部长！

志穗点燃旧轮胎之后，便揣着软盘，撒腿就跑。

她泪如泉涌。但还是边哭边跑。

突然，一个男人挡住了她的去路。

男人垂垂老矣。

但他浑身上下散发出的狰狞，丝毫不逊色于那些子弹。

他正是在甄选时为志穗上菜的老人。

"我本不喜欢杀女人，折磨你这样的漂亮女人才是我最喜欢做的事。但我不能公私不分啊——"

老人拿着一圈钢丝。他用双手抚摸着钢丝，朝志穗缓缓走来。

突然，黑暗中蹿出一个人影。

"志穗——"

人影一声大吼，扑向那个老人。

两个人纠缠在一起。老人的动作很迅速。他丢下钢丝，拔出短刀，插入敌人的腹部。而人影则拔出手枪，将枪口按在老人的腹部，开枪。老人惨叫一声。两人就这么抱在一起，倒在地上。

志穗冲到人影身边喊道："袴田大哥！袴田大哥！你怎么会到这儿来啊——"

志穗抱起袴田。袴田将眼睛睁开一条缝，勉强笑道："你还记得吗？我刚跟你搭档的时候不是说过嘛，关键时刻，我肯定会来救你的。你还记得吗？"

"袴田大哥！你别说话了，你都出血了——"

"没事儿。我的胃本来就不好，开个洞通通风还爽快点儿呢。没关系。这样更爽快——"

"袴田大哥！袴田大哥——"

"吵死了——"

突然，袴田推开志穗，摇摇晃晃地站起身。他浑身是血，显得如此悲壮。

"我都快死了，就不能让我平平静静地走吗？我活腻了，也烦透了你。还不快走！"

"袴田大哥——"

"快走啊！"

袴田没有多看志穗一眼。

他用双手举起新南部手枪，双腿开立。

好几个男人从葡萄架方向冲来。

见面前出现了一个持枪男子，歹徒们惊呼一声。

"快走啊！"

袴田开枪了。

他已体力尽失。每开一枪，他的身体都会摇晃一下。

然而，歹徒们依然四处逃窜。一个歹徒臀部中弹，哭喊着倒在地上。

"还不快走！"吼完这句，袴田便咳了一口血。

志穗缓缓后退。

飞奔。

她的泪水已经干涸了。她不能再哭了。

她手上还有远藤给他的软盘。

在将信息公之于众之前，她不能哭。

会追捕她的不光是"美食俱乐部"，还有检察厅与警方。他们会想方设法抢走这张软盘。

——放马过来吧！

志穗对着黑暗喊道。

无论谁发动袭击，我都不会交出这张软盘。我是诱饵搜查官。我要用自己当诱饵，灭掉世上的怪物。

志穗已经不是天生的被害者了，谁都没资格这么说志穗了。

——我是全日本唯一的诱饵搜查官。

志穗在黑暗中奔跑着。她能听见特被部同事们的声音。

广濑，水树，袴田，还有——

志穗面露悲色。

还有，远藤慎一郎——

大家，都在微笑。

在同伴们的鼓励下，志穗在黑暗中一路狂奔……

完结

饌

创美工厂出品

出 品 人：许　永
责任编辑：许宗华
特约编辑：梁　真　林园林　渠　诚
封面插图：高云鹤
装帧设计：梁　真
责任印制：梁建国　潘雪玲
发行总监：田峰峥

投稿信箱：cmsdbj@163.com
发　　行：北京创美汇品图书有限公司
发行热线：010-53017391　59799930

创美工厂
微信公众号

创美工厂
官方微博